Arnaud Le Guilcher

Né en 1974, Arnaud Le Guilcher, après des années passées à déchiffrer des pochettes de disques, décide d'écrire. *En moins bien* (2009) et sa suite *Pas mieux* (2011) ont paru chez Stéphane Million Éditeur.

EN MOINS BIEN

ARNAUD LE GUILCHER

EN MOINS BIEN

STÉPHANE MILLION ÉDITEUR

© Stéphane Million Éditeur, octobre 2009

ISBN 978-2-266-20701-0

À la mémoire d'Alain Bashung

Je ne crois en rien, je ne vaux pas grand-chose, et pourtant, tous les matins je me lève.

Jean-Paul Dubois

Tu m'étonnes...
Richard

Préambule

Ce jour-là, c'était en octobre. Il faisait soleil, mais pas trop, le genre de soleil faux-derche et collabo. Il y avait un fond frais dans l'air froid qui annonçait un hiver vicieux. Il passait sous la veste, s'immisçait sous la chemise, titillait les lombaires et vous donnait la crève en deux coups de cuillère à pot.

La saloperie.

Ce jour-là, donc, Emma et moi convolions en justes noces. Il y avait une douzaine de péquins dans la salle principale de la mairie ; tous les gens qu'on connaissait. La fenêtre était ouverte. On entendait les oiseaux, il faisait bon mais vraiment pas si chaud que ça. Vraiment pas, en fait.

Je m'en foutais, j'étais heureux, et elle aussi.

La salle de la mairie était jolie. Tout en parquet et en lambris. On aurait dit une cabine de ketch un peu rupin. Au-dessus du maire, un portrait de George W. Bush nous faisait les yeux doux, et rendait tout ça pas mal solennel.

Elle venait de dire « Oui ». C'était mon tour. J'avais les foies. Je mesurais bien que c'était un moment important dans ma vie. Le frisson qui me courait dans le dos n'était pas dû qu'au courant d'air.

Au moment où je lui passais l'alliance, le maire a éternué. C'était plutôt un homme balèze. Ça a tonitrué. On a cru à un attentat. On s'est dit « C'est Pearl Harbor, c'est Ground Zero »… Il en a mis partout le salopard…

Darius prenait une photo pile-poil à cet instant : Emma et moi, le maire nous crachant dessus, et la bague se cassant la gueule.

Je ne sais pas ce que Darius a foutu avec son appareil mais c'est la seule photo nette du mariage.

Cette relique est accrochée au mur de mon studio. En face de mon lit. Près du poster de Sinatra, et pas loin des plaques électriques.

Quand je la regarde, je repense à Emma et moi, et je me bouffe les noix de l'avoir emmenée à Sandpiper.

Endroit de merde…

Les Chicanos

Quand on se voyait, au début, c'était chez elle. À l'époque, elle habitait à côté d'un foyer de Chicanos. Ce bâtiment avait un capital sympathie dégueulasse : un enduit dégoulinant, des petites fenêtres immondes. Il y a des gens à l'urbanisme qui mériteraient d'habiter dans les saloperies qu'ils dessinent.

Des Chicanos sortaient et rentraient, sortaient et rentraient. Ils devaient être trente et un par F2. Leur foyer puait la friture, la vieille graisse et le poisson. L'été surtout, les jours où il faisait chaud, l'odeur devenait lourde, insoutenable. Les gens dans la rue mettaient la main sur leur visage, et nous, on pouvait pas ouvrir les fenêtres.

Comme son appartement était exposé plein sud, on avait le choix entre mourir de chaud ou asphyxié. La chaleur était éprouvante, mais l'odeur nous donnait envie de vomir. Les jours de vent surtout. On a passé un été à faire l'amour dans une moiteur tropicale, à suer à grosses gouttes et à bouffer du Vogalène.

La première fois où je l'ai vue, j'avais un sérieux coup derrière la cravate. Je picolais beaucoup à cette époque.

Je noyais une histoire que la pudeur force à nommer « difficile ». J'étais sorti avec la fille cachée de Charles Manson et d'Eva Braun. Après quelques mois de vie commune, je m'étais fait plaquer comme un quater-back par la dernière des connasses.

Je tenais l'excuse idéale pour me foutre en l'air.

En se barrant, elle m'avait gentiment piétiné la tête. *Tirez pas sur l'ambulance*, elle n'en avait jamais entendu parler. Et « Tu es invivable », et « Tu m'as brisé moralement et physiquement », et « Tu devrais quand même régler tes problèmes sexuels »… Par amour du travail bien fait, elle s'était barrée avec un de mes rares amis.

Du coup, le midi, c'était bière. Le soir, c'était bière, et le week-end, c'était bière. Parfois gin. Et pétards aussi. On va se gêner. J'ai à peu près failli tout merder. Moi, mon boulot. Tout me cassait les grelots. Le boulot surtout… J'avais trente-cinq ans, et une casquette en zinc inoxydable vissée sur le crâne ; bosser dans ces conditions, faut se battre.

J'étais employé dans un pressing. Le métier de Français paumé chez les ploucs US ne nourrissant pas son homme, j'avais décidé de faire confiance à l'intelligence de ma main. Mes potes se résumaient à des compagnons de picole. Nos discussions tournaient autour de la bibine, les artistes que j'aimais étaient alcoolos, et mon cinéaste préféré était Cassavetes… J'adorais… C'était triste. C'était désabusé. Et puis Gena Rowlands se tapait du whisky à gogo, et ça, c'était classe.

Quelle connerie…

J'étais plutôt fort, quand même. À la réflexion, j'avais une belle dose de savoir-faire. L'alcool, moi, ça me désinhibe. Je flambe, je fais le Jacques, et souvent ça passe… Bon, après, faut pas avoir peur du ridicule… Ça, vaut mieux éviter… Quand tu sors d'un bar ou d'un resto, que tu sais pas comment tu t'appelles, les gens te jettent rarement des pétales de rose en chantant *La Cucaracha*.

Vers la mi-mars, la première fois que je l'ai vue, donc, je naviguais autour du gramme dans le sang. Les purs et durs voient des éléphants roses, des cafards, des araignées… Moi j'ai vu la fée Clochette.

C'était chez Darius. Elle a franchi la porte au ralenti dans un halo lumineux. En contre-jour, à travers sa robe, on devinait son corps. À ce moment précis, la terre s'est arrêtée de tourner. D'un coup, et pendant pas longtemps, tout s'est figé. Elle était comme sortie d'une soucoupe volante. On comprenait vite qu'elle n'était pas en chair et en os, non, c'était plutôt une présence, un spectre, un peu. Oui, c'est ça, imaginez un spectre incroyablement attirant. Je sais pas si vous voyez, mais c'est dur à expliquer. Bordel, c'était complètement irréel.

Elle a commandé un café-crème au comptoir, elle a passé sa main dans ses cheveux, a sorti une cigarette et a ouvert un journal.

Une apparition.

Les cheveux longs et châtains, les yeux bleus, un visage aux traits désespérément fins, des taches de rousseur, et un corps… Des jambes interminables, des petits seins ronds dessinés au fusain par le modéliste de Dieu, et des hanches faites pour dégoûter les moches…

Une perle.

J'ai eu le souffle coupé, la gorge nouée, les jambes dessoudées à la hache. J'ai rien fait, je crois, à part peut-être marmonner un « Casse-toi de mon comptoir ». Phrase ô combien sublime, que j'ai sans doute ponctuée d'un « Morue »…

Dans ces cas-là, les héros de série B se badigeonnent de honte. Ils prennent une bouffée d'air frais, font mine d'assurer, et balancent, écarlates, une phrase définitive comme « T'as pas froid ? ». Après ils prennent leur Dodge, rentrent au motel et règlent la chambre en note de frais… Ils ouvrent la porte, se désapent, et essaient de s'autosucer en hurlant « Je suis trop con !!! ». Ils se pètent le frein, et meurent d'une hémorragie de la bite. Tout seuls. À poil. La colonne en équerre. Avec une bite dans la bouche.

« La famille ne souhaite ni fleurs ni couronnes. »

Moi, du tout, non, je l'ai foutue dehors du troquet. C'était tellement fort sa présence, que je lui ai dit de dégager. J'en aurais crevé, je crois. C'était trop d'un coup… Elle est restée, c'est moi qui suis parti en bafouillant une connerie…

Quelques jours plus tard, je l'ai croisée dans la rue. J'étais aussi serein qu'un cerf un jour de chasse à courre. Elle allait prendre son bus. Elle est venue vers moi… Ça a duré 500 mètres.

Pendant 487 mètres, je lui ai balancé des horreurs. Sur son physique, son absence de charme, de classe, de style. Je lui ai fait promettre de ne jamais remettre les pieds chez mon pote…

Ça l'a fait rire.

Elle est montée dans le bus, j'étais sur le trottoir d'en face. J'ai senti confusément que quelque chose ne tournait pas rond. Je ne pouvais pas détourner mon regard de son regard… En règle générale, je parle pas aux gens : ils m'indiffèrent… Quand ça m'arrive, je suis plutôt gentil, ça permet d'éviter les embrouilles. Là, j'étais méchant et je lui adressais la parole.

Ça clochait…

Dès le lendemain à la même heure, je suis repassé devant son arrêt de bus. Elle était là. Sous un prétexte bidon, on s'est interpellé.

J'étais piqué.
Accro.
J'étais foutu.
Et pas mécontent de l'être.

Sainte Thérèse de Lisieux

L'heure du premier rendez-vous tintinnabula sur l'air de *Pour qui sonne le glas*.

Un café vide en plein après-midi ; c'est elle qui l'avait choisi. Le hasard fait bien les choses, c'était le seul de la ville où je n'étais pas grillé. Elle travaillait pas et j'avais pris mon après-midi prétextant un irrésistible besoin d'aller au bout de la ville voir si j'y étais. J'étais super-flippé. J'avais le bide en compote. Le trac. La bouche sèche…

Je me suis foutu dehors de chez moi assez tôt, et en chemin, pour m'occuper les mains, j'ai acheté des jouets à la con. On a l'air toujours moins débile en se pointant à un premier rencard avec des jouets qu'avec un diamant à deux barres.

J'ai amené quoi ? En vrac : des toupies, diverses amulettes, une ou deux poupées vaudou, des épingles blindées de cyanure, et mon cœur conservé dans un bocal de formol… de quoi meubler…

(Pas vrai pour le cœur, j'anticipe… pardon…)

Je suis arrivé le premier. Je me suis commandé à boire. J'ai bu. Elle a failli annuler, et puis finalement elle est venue. Elle était dans le même état que moi quand elle a poussé la porte.

Elle était belle, bordel. Bordel, qu'elle était belle.

C'était vachement intimidant. J'étais Michel Simon, Emma était Brigitte Bardot. Elle était Gene Tierney. J'étais W.C. Fields. Aussi incroyable que ça puisse paraître, elle ne se rendait compte de rien.

On jouait avec des babioles. On n'en menait pas large. En buvant des coups, on riait de se trouver si drôles. Elle riait avec un petit rire cristallin. C'était bouleversant… La grâce… Je partageais un mojito avec sainte Thérèse de Lisieux.

Je suis prêt à me couper un bras pour revivre un instant aussi entier, ras la gueule d'une envie de bouffer la tronche du temps qu'est pas foutu de s'arrêter.

Je contemplais le monde du haut de l'Annapurna. J'étais en tongs. Je portais une djellaba. J'avais pas chaud, je m'étonnais simplement du vertige.

C'est quand même méchamment haut, là-haut.

On doit le vivre une fois, ça, je crois.
Juste une fois.
Pas deux.

Après on se méfie.

En sortant, mon cerveau largua définitivement les amarres, laissant mon corps en pilote automatique… Riche idée, ça… Je me regardai faire un geste insensé : avant de tourner les talons, je me mis à lui frotter la tête. Je lui frottais la tête ! Énergiquement, frénétiquement. Je lui frottais la tête comme un forcené. Un geste de footballeur après le but, de dresseur de chiens avant les croquettes.

On s'est revu un peu, et puis beaucoup, et puis tout le temps. Entre midi et deux, on se baladait dans notre bled pourri. Et puis la veille de la fête nationale, trois mois après notre rencontre on s'est pris la main, et puis on se l'est lâchée. Et puis on se l'est reprise, et puis on s'est embrassé…

Vous avez déjà entendu les trompettes de la renommée ? Non ? Moi, si.

En rentrant au travail, j'étais satellisé. Au bord du faux pli et pas du tout accro à la pattemouille. Je le reconnais aisément, ça n'a pas amidonné sec cet après-midi-là.
Quinze jours plus tard, on faisait l'amour.
Chez elle.

Y a pas de mots pour décrire le moment où on déshabille pour la première fois la personne qui cristallise tout. J'étais bouleversé. Je me suis mis à trembler. Comme une feuille. Quand je l'ai pénétrée pour la première fois, j'ai eu envie de pleurer. Je suis pas une fiotte, mais là faut reconnaître que ça m'a méchamment secoué.

Je sais pas comment réagit un bonhomme dans les quelques jours qui suivent ou précèdent le début d'une histoire d'amour… C'est étrange… On est crevé, mais en forme. Épuisé, mais heureux. Le sentiment amoureux doit générer des hormones euphorisantes ou du Prozac.

Faudrait que je me renseigne.

Il paraît que quand on fait l'amour à l'élue de son cœur, « on serre la paluche de Dieu ». Dieu et bibi, on n'a pas tardé à être potes. Je ne sais pas si c'est ça la passion mais si c'est ça, c'est bien. Plus fort que ça, de toute façon, je vois pas. Le cannibalisme, peut-être ? L'émasculation ? Le satanisme ?

Ça met dans un état.

Je me mis à naviguer à vue sur un nuage duveteux. Joyeux petit pinson, je m'arsouillais pour fêter ça et plus pour enterrer le reste. Une métamorphose.

C'était l'apogée de ma courte vie. Les jours passaient. On parlait peu, on se blottissait beaucoup. Un matin, je lui ai demandé de m'épouser, elle a dit oui. On était en septembre.
En octobre, le maire nous aspergeait.

À nos souhaits…

Douze péquins

Tout à l'heure, j'ai un peu gonflé le public de notre mariage. J'ai dit douze péquins. On était pas douze, mais dix… Dans les dix, il y avait Emma, le maire, moi et George W. Bush. Bon, Bush, on connaît… Je récapitule : dix dont j'ôte quatre, il me reste six péquins.

Péquin n° 1 : mon boss.

Mon pressing était tenu par un Japonais débonnaire, monsieur Kurosawa. Il avait la bonhomie légère des hommes du soleil levant et la peau plissée. Très plissée. Un détail physique pas très vendeur pour un gérant de pressing. Mais bon, il était aimable et généreux. Il m'hébergeait et m'héberge toujours à l'œil, dans une piaule plus proche de la niche de Snoopy que du Penthouse de Larry Flint. Le trois-pièces que je portais le jour de la cérémonie avait dû appartenir à un client décédé… Il m'était revenu de fait.

C'était mon cadeau de mariage.

Péquin n° 2 : sa femme.

La même que son mari, mais encore plus fripée… Elle doit avoir de la peau pour rhabiller toute une famille de grands brûlés… Je l'ai toujours soupçonnée de planquer des trucs dans ses rides. Pas besoin de sac à main, madame Kurosawa… Houlàlàlàlàlà, non, jamais-jamais… Le portefeuille dans le jabot, les clés sous les yeux, et madame Kurosawa taillait la route. Repassée à sec, elle aurait fait dans les 9 mètres de long.

Péquin n° 3 : Richard.

Richard avait un physique lambda : brun, taille moyenne, corpulence anonyme, un peu barbu, pas de look. Il n'avait pas de passions avérées. Il était acteur des passions des autres, et ça suffisait à remplir son planning. Richard exerçait la profession de Richard. Il était là, comme le font souvent les Richard. On passait notre temps libre ensemble, on a jamais trop bien su pourquoi d'ailleurs… Il ne parlait pas, se contentait d'opiner du chef, d'acquiescer et de me coller aux basques.

— On va faire un tour ?
— Mmmm.
Silence.
— Tu bois un truc ?
— MMMmmm.
Silence.
— Je vais me marier.
— Ah.
— Avec Emma.
— Oh.

— Tu veux bien être mon témoin ?

Il a hoché la tête, souri un peu, il était content, je crois. Un témoin autiste dans un mariage, ça peut toujours servir : en cas de boulette, il ne se répandra pas en connerie.

Péquin n° 4 : le patron du *diner* où j'allais.

Darius, c'était un gars bien. Je représentais 80 % de son chiffre d'affaires. J'habitais au-dessus et, du coup, j'étais tout le temps en dessous. Darius était gentil, moins rusé qu'un renard mais un peu plus qu'un dindon, et nettement plus qu'un compteur à gaz. On pouvait disserter des heures sur le base-ball, les taxes, le coût de la vie… La syntaxe de Darius était constituée dans sa partie la plus large par un enfilement de proverbes. Que ça. Ou parfois des dictons. Mais en tous les cas, des lieux communs. Plein.

On pouvait parler musique. Enfin, essentiellement d'Elvis Presley. Le juke-box c'était Graceland. C'était sérieux. Que du King. *Suspicious Minds, Always on My Mind, Blue Suede Shoes…* Darius faisait deux bons mètres cubes, et soignait sa silhouette au triple cheeseburger mayo-ketchup-bières-frites-oignons.

Son diététicien s'est suicidé et je sais pas comment tenait son cœur. Ce bout de myocarde faisait front face aux assauts répétés du cholestérol. Son cœur c'était fort Alamo, et il était écrit qu'il se battrait jusqu'au bout…

Il avait un sacré mérite.

Péquin n° 5 : la femme du patron du *diner*.

Sa vie, c'était essuyer les verres au fond du café. En regardant dans le vide si possible. Elle avait la fougue et le métabolisme d'un ficus. Elle passait son existence les mains dans la flotte et elle ne pourrissait pas. Elle ne grandissait pas non plus. Elle ne devait pas laver ses verres au substral.

À la fin du repas, on a passé des disques. J'étais un peu bourré… Sur *Love Me Tender*, pour déconner, j'ai voulu lui payer une danse. Impossible de mettre la main dessus. On s'est un peu inquiété avec Darius. On a cherché, et on l'a trouvée. Les manches de la robe retroussées, un début de sourire sur son visage de cire, les mimines dans une eau saumâtre, avec de la raison de vivre jusqu'au coude.

Péquin n° 6 : le fils du patron du *diner*.

Lui, il était vraiment pas mal… Il bossait dans le cinéma du patelin. Greg, il s'appelait… Il était vilain, ou du moins c'était pas un Apollon, et moi-même, en tant que mec vilain, je suis bluffé par les pas-beaux qui arrivent à se foutre d'être moches à ce point.

Il en connaissait apparemment un rayon en cinoche, de quoi briller en société. En même temps, il s'en foutait, il aimait pas les gens, était acariâtre, petit, hirsute, bigleux… Lui, il aimait le cinoche. Sa vie c'était le cinoche. Il n'aimait que les filles imprimées sur pellicules. Point barre.

On parlait souvent ciné au comptoir de son paternel. Lui derrière, moi devant. On devisait sur les vertus comparées de *Casablanca*, et de *L'Homme au bras d'or*… Pour lui, Sinatra était un connard de rital. Un

26

imposteur tout juste bon à roucouler des conneries devant un parterre de ménopausées. Pour moi c'était Dieu. Y avait embrouille. Mais on s'accordait à dire que Richard Gere était un trou de balle et que Bruce Willis valait même pas les poils autour. Des terrains d'entente aussi tangibles, ça forge une amitié et dissipe les malentendus. Et puis, il adorait Cassavetes, alors on allait pas commencer à se foutre sur la gueule.

Des fois on passait des après-midi entiers à jouer à « Tu préfères ? », « Tu préfères être Bruce Willis ou le choléra ? », « Tu préfères être attaché à un arbre les pieds dans une fourmilière ou regarder l'intégrale de *Dallas* d'un coup ? », etc. etc. etc. On rigolait bien.

À la fin du repas de mariage, Emma et moi, on est allé dormir chez elle. On avait bu l'équivalent d'un bar et demi. J'en tenais une bonne et j'ai ronqué comme une masse. Emma a passé la nuit serrée contre moi, je ne m'en suis rendu compte qu'au réveil… J'avais l'épaule ankylosée et son souffle dans mon oreille.

On s'est lavé. Le café n'était pas assez fort, et elle n'avait plus de sucre… Dans ma tête c'était *La Chevauchée des Walkyries*, remixée par un DJ letton.

Du solide.

On partait en voyage de noces, la destination demeurait secrète pour Emma. J'avais mitonné ça aux petits oignons. Darius est passé nous chercher en voiture pour nous conduire au bus. Il m'a donné une enveloppe contenant un mot rédigé par Richard. J'ai décachetonné le pli. C'était un bout de Bristol. Dessus il y avait marqué « Bon voyage ». C'est tout. Richard n'était pas plus doué à l'écrit qu'à l'oral.

On a chargé les valises. Il y avait un nœud en voile blanc sur l'antenne radio et un morceau de carton déchiré accroché sur le coffre. Dessus, c'était marqué « Just married ». On nageait dans un océan d'originalité. Au concours Lépine, Darius aurait présenté un appareil à équeuter les cerises.

Emma portait une robe à fleurs. Exception faite de ses chaussures et d'un châle bleu et rose, c'est tout ce qu'elle avait sur la peau. Dans mon état, j'ai saisi l'occasion pour brandir une demi-molle. Je n'avais pas de mérite, elle aurait rendu priapique n'importe quel moine shaolin. Alors moi, un lendemain de cuite, pensez donc.

L'arrêt de bus était à quinze minutes de l'appartement d'Emma. On y est vite arrivé. Le temps passe vite quand on pense à la gaudriole.

Le bus est arrivé à l'heure. On est monté dedans. Le chauffeur était gris, gros et sale. Sa chemise d'uniforme était couverte de taches de graisse. Au niveau de sa poitrine, la bestiole du logo Greyhound courait en dérapant sur un reste de sauce moutarde. On devinait sans se forcer les gros traits de la biographie du monsieur : ancien du Vietnam, traumatisé par la vision des horreurs commises par les Jaunes, il avait perdu son meilleur ami Terry lors de la bataille du Têt. Billy, son frère à la vie à la mort, avait agonisé dans ses bras, après qu'une grenade lui avait ouvert le ventre,

28

laissant ses tripes pendouiller sur ses genoux… Il avait
atterri aux USA, dévasté par la douleur, et avait découvert dans son mobil-home sa fiancée allongée sur Dick,
son cousin, etc., alcool… faillite… médocs…
dépression…

On connaît la chanson.

Du coup, il avait l'air moyen en forme.

— Deux places plein tarif pour Sandpiper,
monsieur, s'il vous plaît. (J'ai dit Sandpiper tout bas,
pour ménager la surprise à Emma.)
— Vous avez une réduction étudiante ?
— Non, malheureusement… Je vais prendre deux
plein tarif, du coup, monsieur, s'il vous plaît…
— Vous avez une carte militaire ?
— Non. Plein tarif… Deux billets…
— Carte d'invalide ?
— Non plus…
— Forfait hôtel et trajet ?
— Non plus, non…
— Vous voulez des places plein tarif, alors ?
— Ben oui, en fait…
— Combien ?
— Deux, monsieur, s'il vous plaît.
— Voilà…
— En vous remerciant.
J'ai acheté les billets. On a trouvé deux sièges libres.
À l'extérieur, Darius agitait un mouchoir. Mais où
allait-il chercher tout ça ? L'engin s'est mis en branle.
Direction Sandpiper.

Que Dieu encule et réencule ces abrutis du syndicat des chauffeurs de bus qui, au lieu de faire leur job consciencieusement, auraient pu avoir la pudeur de taper une bonne grève surprise.

C'est l'absence de foi en l'action syndicale qui nous a perdus.

Le repos dans la joie

J'ai dormi pratiquement tout le voyage. Je me suis juste réveillé pour pisser à chaque station-service… Le trajet durait quatre heures. On est arrivés vers onze heures et quelque. On est descendus du bus. J'ai chopé un taxi non loin de l'arrêt. Emma ignorait toujours où on allait. Ceci dit, je ne lui avais pas demandé son passeport, elle devait se douter qu'on n'allait pas déjeuner aux Seychelles…

J'ai dit :
— Bonjour, monsieur. Sandpiper, s'il vous plaît.
Emma avait la tête posée sur mon épaule. J'avais l'odeur de ses cheveux en plein. Et ça, à chaque fois, c'était bien.

On a roulé vingt minutes.

Le chauffeur avait une cinquantaine d'années. Il portait un tee-shirt noir, des cheveux poivre et sel mi-longs et des lunettes en écaille. Il passait *Let It Bleed* des Stones à volume raisonnable. J'ai dit que j'aimais bien. Le monsieur m'a donné la cassette. J'ai pas trop compris pourquoi, mais il a sorti la cassette et il me l'a donnée.

Ça m'a fait plaisir, d'autant que je me suis souvenu que dans mon sac j'avais pris un walkman, un casque, des piles, et que j'avais oublié de prendre de la musique. Il m'a dit qu'il avait le disque chez lui et qu'il s'en referait une copie, que c'était cool, que Keith Richards était un génie, que Jagger le foutait dans le cul de Lennon pour la postérité et jusqu'à la fin des temps, et que si Bill Wyman était pédophile, il était la réincarnation du dalaï-lama.

Il a rajouté que, quand Brian Jones avait bu la tasse, lui le petit chauffeur de taxi avait erré pendant deux mois, qu'il avait déambulé comme un clodo, le nez dans la boutanche et le moral dans l'égout, en se demandant si ça valait le coup de continuer à vivre.

Il allait commencer à dire du mal de Jim Morrison quand on est arrivés…

On s'est arrêtés devant une moche pancarte. Dessus, il y avait une belle bataille entre trois palmiers mal peints et une bicoque figurant un bungalow. Dans le coin gauche, il y avait un oiseau qui ressemblait à pas grand-chose de connu comme oiseau et qui prenait un paquet de place sur la pancarte. Cette bestiole, ça aurait pu être une mouette ou un cygne, mais comme elle avait une poche sous le bec, on en déduisait que c'était un pélican. Dans cette poche était écrit « Sandpiper ».

Une pancarte pareille devrait figurer dans les manuels traitant de « L'art de planter le décor ».

On est descendus du taxi. J'ai payé. On a pris les bagages.

J'ai dit :
— Au revoir monsieur, encore merci pour la cassette.

Le monsieur a répondu :
— Y a pas de mal, j'ai toujours cet album dans ma voiture… Peux pas vivre sans. Amusez-vous bien, les amoureux.

Il est remonté dans sa bagnole, a ouvert sa boîte à gants, a chopé une cassette, et l'a enclenchée dans l'autoradio. Direct, ça s'est remis à brailler *Love in Vain*.

J'avais une gueule du bois du tonnerre. On aurait dit un masque africain. J'étais pas fâché d'être arrivé. Là, en termes de peps, j'étais un peu sur la réserve.

De Sandpiper, je ne connaissais que le prospectus.

. . . .

Le charme de la côte ouest & le repos
dans la joie

Sandpiper, situé au bord du Pacifique, est le lieu idéal pour passer un séjour inoubliable dans un cadre idyllique.
- 12 bungalows à votre disposition.
- Un bar-restaurant-discothèque « La Baleine » (Ouvert jusqu'à 2 heures du matin, 7/7).
- 2 courts de tennis.
- Animations pour vos enfants.
- Un terrain de camping.
- Un emplacement prévu pour camping-car.
- Un embarcadère.
- Un service de location de voilier.

LES BUNGALOWS
. . . .

12 bungalows individuels, portant les noms évocateurs d'habitants de la mer, marient intimité et confort, pour votre plus grande satisfaction.

- 3 chambres, salon, cuisine équipée, salle de bains, TV, téléphone. (Poulpe, Calamar, Pieuvre – 300 \$/semaine)
- 2 chambres, salon, cuisine équipée, salle de bains. (Espadon, Requin-marteau, Orque, Nerval – 200 \$/ semaine)

- Chambre-salon, cuisine équipée, douche. (Moule, Huître, Crevette, Crabe, Bernique – 150 $ / semaine)

LA DUNE
....

Sandpiper est bâti au pied de la plus haute dune d'Amérique. Celle-ci a une particularité dont vous profiterez peut-être : elle chante ! Lors de mini-avalanches, le frottement des grains de sable entre eux émet une onde infrabasse, qui n'est pas sans rappeler le chant d'amour des baleines.

L'entendre est une expérience inoubliable.

L'ÉQUIPE
....

Toute l'équipe de Sandpiper, à votre service, vous facilitera le séjour.
- Besoin d'un renseignement ? Une petite faim ? Une réservation ? Paris, Moïse & Henry vous accueillent à « La Baleine ».
- Notre personnel d'entretien assure une fois par jour le ménage de votre bungalow.
- N'oubliez pas notre mascotte, JFK, le pélican le plus futé de la côte ouest qui deviendra vite votre compagnon favori.

Les valises à la main, on s'est dirigés vers « La Baleine ». Il y avait trois mecs accoudés au comptoir, et deux derrière.

On a demandé Paris, la femme que j'avais eue au téléphone, mais elle était absente.

De derrière le comptoir, Henry s'est présenté. J'ai dit que j'avais appelé pour réserver une semaine. J'ai décliné mon identité et il nous a remis les clés de notre bungalow. Moïse nous a ouvert le chemin et on s'est mis en route, un pélican collé aux basques.

On est sortis de « La Baleine ». On est passés par la droite de « Poulpe », puis entre « Pieuvre » et « Requin-marteau ». On a longé les courts de tennis.

Les deux.

Les valises me faisaient mal aux mains, j'étais crevé, et il faisait vraiment chaud. Lourd. Moite. Autant, la veille, j'aurais pas parié un kopeck sur la chaleur, que, là, c'était Caracas, une veille de cyclone. J'avais juste envie de me poser. L'alliance me sciait les phalanges. Moïse disait pas un mot. Emma parlait pas. Le pélican faisait un bordel pas possible avec son bec à la con, et notre bungalow était à l'autre bout du village.

Je commençais à en avoir plein les bottes…

Moïse au lieu de bien fermer sa gueule aurait pu se dire « Tiens, je vais l'aider ». Ça lui a pas traversé l'esprit. J'ai tout porté tout seul.

Après les courts de tennis, on s'est fait le camping par la diagonale. Y avait personne. On est passés devant « Nerval », puis on a slalomé entre « Moule »,

« Huître » et « Espadon ». On a encore fait cent mètres, et on est arrivés au bungalow.

Le nôtre c'était « Bernique ». J'étais pas emballé par le nom…

Moïse m'a pris les clés, ouvert la porte, les rideaux, les volets, le gaz… Il a ouvert tout ce qu'il a pu, et il est parti sans dire un mot, avec JFK-le-pélican scotché au cul. J'ai posé les valises, et je me suis écroulé sur le lit. Dormir, Seigneur, dormir… Emma a ouvert les fenêtres. Elle a dû me regarder pioncer un peu. C'était les premières heures de notre lune de miel, et je cuvais comme Bukowski un 1er Janvier.

La classe.

Je me suis réveillé deux heures plus tard. Emma avait déballé nos affaires. Tout était rangé, plié, accroché sur des cintres. La fenêtre était toujours ouverte, et Emma n'était plus là… Il faisait super-beau dehors. J'avais un peu la dalle, mais ça allait encore. Ça m'avait retapé cette petite sieste.

J'ai découvert un mot sur la table de chevet.

« Mon amour,
je suis à l'embarcadère.
Rejoins-moi.
Je t'aime.
Emma »

« Je t'aime »… « Emma »… J'ai réalisé que j'étais marié. Que j'étais en voyage de noces. Que ma femme s'appelait Emma, qu'elle était belle à se damner. Que si je me démerdais pas trop mal, on allait passer notre vie ensemble, et que j'étais pleinement heureux.

« Je t'aime »… C'était mon deuxième mot aujourd'hui après celui de Richard. Deux mots dans la même journée, ça ne m'était pas arrivé depuis mon dernier conseil de classe.

J'ai mis mon pantalon, mon pull, et je suis parti vers l'embarcadère.

Le village était désert. Pas un chat. Faut dire que mi-octobre les gens se battent pas pour griller leurs congés payés. C'était propre comme tout, y avait bien deux ou trois papiers gras, un os ou deux de poulet, des sacs plastique, une paire de bouées crevées, des cadavres de mouettes et de bières, quelques branches de palmiers, mais vraiment ça allait…

Pour aller à l'embarcadère, j'ai suivi les panneaux « Embarcadère ».

Pas bête…

Les dernières bicoques « Orque » et « Pieuvre » semblaient être des plantes poussant à fleur de dune. C'était assez joli. Pour qui aime les bungalows, ce camp avait des airs de saint Graal : des volets bleus ou verts écaillés, du crépi beige bouffé par le sel, des tuiles rougeâtres, un carrelage quelconque mais solide, et une absence de personnalité forçant le respect. Je bague-naudais au milieu d'un hectare dédié aux vacances de masse. L'absence de masse m'a plu et j'ai eu envie de siffler. Alors j'ai sifflé *Beyond the Sea*… J'ai escaladé la colline de sable. La grimpante m'a tendu les compas, mais c'était pas inutile comme effort. En haut de « la plus haute dune des USA au monde », il faisait bon et on avait une vue sublime.

La mer plein les mirettes. Ce qu'il faut de vent. Tout de suite, ça faisait vacances.

En sifflant, j'ai écarté les bras, puis j'ai murmuré « Je suis le maître du monde », comme ce bon vieux corniaud de Leonardo DiCaprio dans *Titanic*. Ça m'a fait marrer de me foutre de sa gueule. C'est vrai quoi, c'est pas possible d'avoir autant de succès avec un nom de pizza pareil.

La plage était immense. L'embarcadère était sur la gauche. C'était pas la foule, y avait quasi personne pour être honnête. Au loin, il y avait un pont en bois avançant autant que possible dans la mer. Il y avait aussi quelqu'un d'allongé dans le sable. C'était difficile de savoir qui c'était, mais j'en ai déduit que c'était Emma.

À droite, à six cents-sept cents mètres d'Emma, un homme marchait en marmonnant… Il faisait deux cents mètres vers la gauche, puis tournait les talons. Il faisait deux cents mètres vers la droite, puis demi-tour et ainsi de suite. Deux gamins le regardaient, assis en haut de la dune. Ça m'a semblé bizarre, mais j'ai zappé et je me suis dirigé vers ma femme. En me rapprochant, le doute que j'avais sur le propriétaire du corps se dissipait. « Ma femme ». C'est dingue ces deux mots mis bout à bout, je sais pas si vous vous rendez compte...

Elle était nue sur sa robe, allongée sur le dos. Elle avait une jambe légèrement pliée. Ses bras étaient tendus au-dessus de sa chevelure et ses seins faisaient de l'œil au soleil. Elle avait les yeux fermés et un sourire à peine perceptible glissait sur son visage. On aurait dit Vénus. Celle de Botticelli. Elle était belle comme un chef-d'œuvre de la Renaissance.

Il ne m'avait pas semblé avoir lu quelque part que le village était naturiste, et je n'avais pas le souvenir qu'elle m'ait dit un jour qu'elle l'était...

De toute façon, elle faisait ce qu'elle voulait. Je m'étais juré de la laisser vivre sa vie, alors j'allais pas commencer à l'emmerder... Je ne lui en ai même pas parlé. J'ai fait le diplomate façon Boutros Boutros...

— Ça va mon ange ? T'as pas froid ?
— Non, je suis bien... Il fait bon... Tu devrais te déshabiller.
— Désolé pour la sieste. J'étais à vide.
— Y a pas de problème, j'ai dormi un peu aussi...
— Il tourne depuis longtemps, le monsieur là-bas ?
— Depuis que je suis arrivée, il n'a pas arrêté. Déshabille-toi aussi, tu vas voir, c'est super-agréable...

Je me suis déshabillé. J'ai gardé mon slip. On a passé une heure tranquille. J'avais la tête tournée du côté du mec. De loin le spectacle était pour le moins intrigant. Il cherchait peut-être le principe du mouvement perpétuel. Il faisait deux cents mètres vers la droite, puis demi-tour et rebelote. Sans trop y penser, j'ai guetté le dix de der. En vain.

Au bout d'une heure, on s'est rhabillés. J'avais faim.

On a grimpé la dune. J'ai jeté un regard au soleil qui n'en finissait plus de tomber et à la mer orange. J'ai regardé le monsieur qui n'arrêtait pas de faire des allers-retours. J'ai jeté un œil aux mômes, ai pensé un peu au sable dans mes godasses.

J'ai regardé la robe d'Emma collée à sa peau nue.

Je me suis dit « Oublie jamais ce moment ».

Au bout du chemin parqué de teck, on a échoué à « La Baleine ». J'avais un peu les dents, mais surtout j'avais soif.

L'air marin, c'est bien joli, mais ça déshydrate…

La baleine et le caillou blanc

Quand je suis entré là-dedans avec Emma, j'ai eu l'impression de ramener une citerne d'eau fraîche dans un camp d'Éthiopiens…

Faut dire que la belle saison était morte depuis long-temps et que les trois mateurs du comptoir n'avaient rien eu à se mettre sous la rétine depuis des mois… La rumeur d'une nouvelle arrivante dormant à poil sur la plage devait déjà être parvenue jusqu'à leur sous-bock, et ça les rendait particulièrement attentifs.

On s'est assis où on voulait. On avait l'embarras du choix…

Là non plus, y avait personne.

On aurait volontiers pris la seule banquette du coin mais elle était occupée par le pélican. Ce con de JFK avait bien fait braire tout le monde aujourd'hui, il pouvait dormir avec le sentiment du devoir accompli.

On a pris une table de deux. Elle était coincée entre un aquarium aux vitres vertes et un mur peint d'un très chouette trompe-l'œil représentant un surfeur taillant la route sur des vagues hautes comme quatre fois l'Empire State Building… À l'intérieur de sa cage de verre un homard tricentenaire nous regardait de ses yeux crados. S'il avait eu la parole, il aurait pu nous raconter comment c'était ici à l'époque d'Abraham Lincoln. Au-dessus de nous, était accroché un dauphin empaillé qui commençait à sentir le vieux.

Pas de doute, on était au bord de la mer.

Au bout d'une bonne demi-heure, Henry est venu vers nous… Il portait une chemise à fleurs et un air pas jobard. Il devait avoir une trentaine d'années. Il nous a tendu le menu.

Dessus, il y avait trois plats du jour : Espadon-frites/Steack-frites/Cheeseburger-frites… Il nous a demandé si on avait soif. J'ai commandé une bière, Emma, un soda. J'ai attendu les consos dix minutes et, excédé, je me suis levé pour aller les chercher au bar.

— La bière et le soda, ils sont bloqués à la douane ?
— Pardon, j'avais oublié…
— Pas de problème, c'est vrai qu'à l'heure du dîner, c'est toujours un peu le coup de feu…
J'ai dit ça pour le vanner. Il y avait trois clients dans son rade.

Faut quand même pas déconner… Je me suis rassis avec les consos. J'avais rarement bu une pression aussi dégueulasse. Pas de bulles. Tiède. Amère. Une purge. Au bout d'une autre bonne demi-heure, il est revenu pour nous demander ce qu'on avait choisi... J'ai dit « espadon », Emma a dit « steack-frites ». Il nous a répondu que la maison était désolée, mais qu'il n'y avait plus d'espadon, et plus de steack. J'ai regardé la carte, il restait l'option cheeseburger... J'en ai commandé deux... D'un ton contrit, il m'a dit qu'on jouait de malchance mais qu'il n'y avait pas de cheese-burger non plus...

Je crevais la dalle.

J'ai dit :
— On peut peut-être se faire servir du foutage de gueule, ça a l'air d'être une spécialité maison...

Il a ri.
J'ai ri.
Il a reri.
J'ai reri de plus belle.

On s'est retrouvé au final avec deux hot-dogs-frites.

J'ai dit « Je présume que la maison est désolée de ne pas avoir de desserts ce soir ? ». Il a répondu « Monsieur voit juste », puis « Ahahahahah !!! ».

Je me suis résigné.
J'ai commandé une autre bière (pourrie), et puis encore une autre (pourrie aussi)...

Avec Emma, on se souriait beaucoup mais on ne parlait pas des masses… Moi ça me laissait le temps de penser au type qui tournait, et aux mômes qui le regardaient faire… Ça me laissait aussi le temps de songer à son corps plus que nu sur la plage. Je me demandais si elle était exhib', naturiste, baba cool, ou juste indifférente aux autres… C'est pas le fait qu'elle s'offre aux regards de tous qui me choquait, ça, à la limite, j'en étais plutôt fier… Y avait un côté mâle dominant là-dedans, façon bourdon qui se coltine la reine des abeilles. Non, le hic, c'est que ce genre de détail me renvoyait en pleine tronche le fait que je venais d'épouser quelqu'un dont j'ignorais à peu près tout.

Voire tout.

En plus, comme elle parlait quasiment pas, et surtout jamais d'elle, ça laissait assez peu de place pour les confessions. Sa famille, ses ami(e)s, son passé, ses aspirations ? Pour tout dire, j'en savais pas grand-chose.

Elle avait un peu froid alors je lui ai prêté mon pull. J'en menais pas large dans mon tee-shirt, mais l'alcool aidant, je ne risquais pas la pneumonie… Elle m'a dit qu'elle rentrait, que l'air de la mer ça l'avait fatiguée, que ça servait à rien de la raccompagner, qu'elle connaissait le chemin, que je pouvais rester, bien m'amuser, et que je ne devais juste pas faire trop de bruit en rentrant…

Elle m'a embrassé puis elle s'est levée.

Quand elle a franchi la porte d'entrée, elle avait huit yeux (dont deux à moi) rivés à sa chute de reins. J'ai quitté la table, et je me suis collé au bar. Je commençais à être en jambes. Je buvais quelques coups et je rentrais. J'avais pas longtemps devant moi, fallait soigner…

Je me suis assis sur un tabouret à côté de l'unique client du lieu. C'était un type d'une soixantaine d'années qui semblait revenir d'un trekking au Bas-Mozambique. Le genre parvenu baroudeur, qui part toujours en expédition avec :
1) Son couteau suisse,
2) Sa boussole,
3) Un duplicata certifié d'un contrat de rapatriement Visa Platinium.
J'aurais pas été surpris de le croiser en 4 × 4 en plein Manhattan. Il était sapé assez raccord d'ailleurs. Plutôt kaki et marron, plutôt grosses godasses, plutôt blouson sans manches avec un millier de poches. Il était bronzé, avait les cheveux courts grisonnants et une puissante cage thoracique. Il ressemblait à ce que serait devenu Harrison Ford s'il était resté charpentier.

Henry, d'autorité, a posé des bières devant moi et mon voisin. « Cadeau de la maison… » J'étais parti pour lui dire que c'était de la pisse, sa bibine, son geste m'a coupé dans mon élan. J'ai bu une gorgée à l'arrache, et j'ai cherché un sujet de conversation. Il ne pouvait pas me renseigner sur Emma vu qu'il la connaissait encore moins que moi, alors je l'ai branché sur la nana que j'avais eue au téléphone la première fois, la dénommée Paris.

— Elle est pas là, Paris, alors ? Congés ?

— Non, pas congés. Elle est pas là, c'est tout…

Il a évité mon regard, puis tourné la tête, l'air malheureux. Bien joué champion, j'avais mis les pieds dans le plat. Après avoir entendu passer deux ou trois troupeaux d'anges, j'ai retenté ma chance en l'interrogeant sur l'histoire de l'Allemand et des mômes. Si ça prenait pas, je rentrais au bungalow.

Mon voisin de tabouret ne lui a pas laissé le temps de répondre.

— On se dit « tu » ?

— Volontiers.

— Tu connais les pingouins ?

— Pas personnellement, non…

— Les pingouins, c'est des mecs bien, mais leurs femmes c'est des putes.

— J'ignorais…

— Tu vois la banquise ? Les pingouins, ils ne se baladent jamais à moins de 100 000. Sache, bonhomme, que si tu vois un pingouin, c'est qu'il y en a 99 999 autres derrière… Imagine la saison des amours, c'est un enfer… Tous les autres pingouins te reluquent quand tu parles à une nana ; c'est jalousie et compagnie.

Il a bu une gorgée…

— T'es pingouin, et tu as le bâton pour une môme, tu prends ton courage avec tes deux moignons, et tu vas lui parler. C'est la nature. T'as l'instinct qui te tripote les grelots. T'as pas le choix. Tu fonces et tu vas lui parler… Tu suis ?

— Jusque-là, oui…

— La gamine, elle est peinarde avec des copines à elle. Elles se partagent une sardine, comme ça avec l'air de pas y toucher… Elles parlent un peu chiffons. Toi, tu arrives à proximité, tu la fixes, et tu clignes de l'œil, genre « Je suis John Wayne, viens babe, faut qu'j'te parle ». L'élue, elle décolle de son parterre de connasses, et elle rapplique. Tu fais le joli cœur, elle se marre, tu lui paies un hareng, ça se passe super, et là tu lui balances tout net que t'as vachement envie de te reproduire avec elle. Bing, t'y vas direct ! Oublie jamais que t'es un animal… Tu suis ?

— Ça va toujours…

Il commençait à s'enflammer et il était à sec, j'ai fait signe à Henry de nous remettre la même…

— Là, la nana pingouin, elle a le visage qui change, elle passe de Cameron Diaz à Margaret Thatcher. Disparu le charme de l'innocence, bye bye la candeur, arrivederci la malice… Elle dit « Banco micheton, mais tu ne me feras pas craquer la petite peau tant que tu ne m'auras pas ramené un caillou blanc ». Un caillou blanc ! En pleine banquise ! La salope ! Le pingouin, il se décompose, mais il fait l'homme, il dit « OK, bouge pas, je reviens »… Et il part à la recherche d'un caillou. Il tourne des jours et des jours… Un caillou blanc sur une banquise, c'est plus rare qu'un lacanien dans la police… C'est un cauchemar.

Il était parti sur la banquise, mon voisin, ça se voyait qu'il y était… Dans sa tête, il regardait la scène, habillé en peau de caribou, juché sur des raquettes en bébé phoque.

Machinalement, il s'est saisi de son verre, et l'a sifflé en me regardant droit dans les yeux. J'avais pas intérêt à l'interrompre, je pense que je me serais pris un iceberg dans les dents…

— Donc, il creuse partout avec ses ailes de manchot. Il creuse, il retourne des hectares de glace, et il trouve que dalle. Il a les moignons en sang, en même temps il a faim, et en même temps super envie de niquer… Finalement, on sait pas comment, mais il dégotte un caillou blanc. Blanc mais tout moche. C'est son trésor, OK, mais il est moche… Il raboule vers la loutte, super-fier de lui et sur les genoux parce que ça fait des jours qu'il a pas cassé une croûte… Il a plein de trucs cochons qui lui passent par la tête. Il tient que grâce à ça. Il s'imagine en train de la secouer par-devant, par-derrière, qu'elle en redemande, qu'elle gémit et tout le bordel… Il lui tend le caillou, et là il se rend compte qu'elle est déjà avec un bellâtre qui lui a ramené un caillou blanc nickel tout propre, et super-gros en plus. Comble de malhonnêteté, elle est enceinte, c'est un garçon, il s'appellera Kevin, et pour lui c'est foutu.
— Dur.
— Dur ? Mais c'est horrible, oui !!! Il commence à pleurer, il voit trouble, il a la tête qui tourne, il perd la raison. Il court, il court, il se prend les pieds dans son

gros bide, mais il se relève, et il court… Au loin, il voit un ours blanc, il se jette dans sa gueule en hurlant « Je t'aime, Brenda » – la nana pingouin s'appelle Brenda – et il termine sa vie en steak tartare dans le gros côlon d'un ours polaire.

— Et le rapport avec le mec de la plage ?

— Il est venu en vacances avec sa femme et ses mômes. Tout se passait bien jusqu'au jour où un surfeur taillé dans une pub Quicksilver a ramené un plus gros caillou blanc à sa gonzesse qui n'a pas manqué l'occase de se barrer avec, en lui laissant les rejetons…

— Et depuis ?

— Il tourne…

J'ai appris que la famille était allemande, que ça faisait trois jours que le père tournait non stop, et qu'il avait juré de continuer jusqu'à ce que la mère revienne, et ce même s'il devait en crever… Il tournait jour et nuit sous les yeux de ses deux gamins. Il avançait en psalmodiant le prénom de sa femme.

« Fridafridafridafridafridafridafridafridafridafrida-fridafridafridafridafridafrida »

Quand il était à bout, il se laissait tomber, dormait un peu, la moustache plantée dans le sable. Au bout de quelques heures de sommeil, il se relevait et recommençait sa ronde à l'endroit où il l'avait laissée.

Deux cents mètres à gauche. Deux cents mètres à droite. *Ad libidum* et jusqu'à ce que mort s'ensuive.

Les deux gosses avaient quatre ans. Ils étaient jumeaux. Personne dans le camp ne connaissait leur prénom. Et personne ne pouvait leur demander, vu qu'ils étaient allemands et que la dernière fois qu'un Américain d'ici avait croisé un Allemand, c'était un 6 juin, en France, lors d'un pèlerinage à Omaha Beach.

Comme ils avaient loué le bungalow « Requin-marteau », Paris avait suggéré de surnommer le petit garçon « Requin », et la petite fille « Marteau ». Tout le monde avait acquiescé, et le village avait hérité de deux autres mascottes. Un pélican et deux lardons teutons, ça créait de fait une belle identité visuelle.

Après m'avoir payé quelques tournées, Henry m'a expliqué que c'était l'heure d'aller chercher les mômes pour les ramener dans leur lit, que sinon ils se feraient bouffer par les moustiques, et que c'était une pitié de voir ça. Les pauvres chéris.

Les *a priori* que j'avais sur Henry fondaient comme neige au soleil. Il avait l'air sympa comme tout le zigue ; c'était juste un loufiat calamiteux. J'avais hâte de connaître sa femme, Paris, et je souhaitais sincèrement qu'elle soit à la hauteur de la montagne de gentillesse qu'il semblait être.

Je me suis décidé à lui filer un coup de main. Moïse allait garder « La Baleine ». Mon pote amateur de pingouins, Henry et moi, on allait chercher les mômes. En avant marche.

On s'est habillés, on m'a prêté une veste. J'ai suggéré de prendre quelques canettes. Décision adoptée à l'unanimité moins une voix : Henry ne buvait pas. Ça ne l'a pas empêché de nous en remplir un panier… Ô le brave mec !

On a emprunté le chemin en bois et, à la lueur de la lampe torche, on est arrivés vers eux.

Requin et Marteau dormaient l'un contre l'autre, tout collés… C'était émouvant… J'ai pensé un moment qu'ils n'étaient pas jumeaux mais siamois, et je me suis rappelé que je n'avais jamais eu ni frère ni sœur, ni de nouvelles de quiconque de ma famille depuis des années… Le bruit du ressac a couvert le murmure des vieux démons, et je me suis remis à réfléchir aux mômes.

Leur père continuait à tourner en montrant des signes ostensibles d'épuisement. Il avait les yeux dans le vide, il bavait un peu, il marmonnait « Frifrifrifri… frifri… », et n'avançait plus que grâce au mouvement de balancier de ses bras.

On s'est assis sur la dune. On a ouvert une bière et on l'a regardé tourner en bourrique. La lune était pleine, le ciel étoilé… J'étais assez serein. Henry avait posé la tête des mômes sur ses cuisses et les avait couverts de son ciré. Mon voisin de tabouret m'a tendu un cigarillo.

Je l'ai crapoté, ça allait bien avec le décor…

Deux canettes plus tard, l'homme est finalement tombé.
Henry est allé le recouvrir d'une couverture. Avant de partir, il lui a laissé une bouteille d'eau, des pancakes dans un Tupperware, et un tee-shirt propre.

Sur le tee-shirt était marqué « I love Sandpiper ». J'étais pas sûr que notre marathonien partage cette affirmation.

J'ai pris Requin dans mes bras, mon pote a pris Marteau. Je l'ai suivi et on a descendu la dune en direction de leur bungalow. Il s'est arrêté à mi-chemin, en me disant « On ne s'est pas présentés, je m'appelle Charcot ». J'ai répondu « Pourquoi pas ? », et on a rigolé… Il m'a aimablement proposé de me narrer l'anecdote de « la dune qui chante », qui était, de son humble avis, ce qui distinguait Sandpiper d'un autre camp. J'ai décliné, prétextant bêtement une histoire d'amour naissante. Tout se passait dans une ambiance de convivialité épatante, on se serait cru au Lions club…

Je lui ai donné mon prénom et on a ramené les mômes au bercail.

On les a couchés.

Le soleil commençait à pointer, et je me suis rendu compte qu'avec toutes ces conneries, ma nuit de noces était complètement passée à l'as.

J'ai couru quatre à quatre vers « Bernique ».

J'ai pas pensé à ramener un caillou blanc.

C'est pas faute d'avoir été prévenu…

Le Guinness Book

Plus tu t'éloignes et plus ton ombre s'agrandit.

Robert Desnos

J'ai poussé la porte du bungalow. Je me suis désapé dans la semi-pénombre et glissé sous les draps, l'air de rien… J'avais mon laïus tout-terrain : « Excuse-moi de te réveiller, il est minuit, j'ai lambiné, tu peux comprendre… »

J'ai pas eu à faire semblant très longtemps, sous la couette, y avait que moi… Les volets n'étaient pas fermés, le lit pas défait, les draps ne portaient pas d'odeur, Emma n'était pas là. J'étais seul. J'ai sauté du plumard, allumé les loupiotes, couru vers l'armoire, elle était vide. La salle de bains aussi. J'ai cherché un mot. Je l'ai pas trouvé. Je suis sorti du bungalow, sur la porte y avait rien du tout, pas d'enveloppe, pas un mot.

Nibe…

La tête entre les mains, je me suis assis au bord du lit. Le silence faisait un boucan pas possible. À l'évidence, elle s'était fait la malle.

Mon regard s'est arrêté sur un objet scintillant sur le bord de la table de nuit. Son alliance… Ça valait pas mal de discours…

J'ai pris l'anneau dans ma main. J'ai levé les yeux au ciel en tendant mon poing. C'était la merde… La super-merde… Je sais pas ce qu'il aurait fait dans un moment comme ça, John Cassavetes, mais je pense qu'il aurait affiché un air perplexe.

J'avais chié dans la colle.

Dans le manuel du jeune marié, en préambule, il est écrit « On ne plante pas l'élue, la nuit de noces, sous prétexte de pingouins et de bibines ».

J'aurais pas dû le lire en diagonale…

J'ai remis mes frusques et galopé vers « La Baleine ». C'était encore ouvert. Henry faisait les comptes. Je lui ai expliqué en deux mots l'étendue des dégâts. Il m'a dit qu'il n'avait vu personne, ni appelé de taxi pour quiconque, que sinon il m'aurait prévenu, que j'avais chié dans la colle, et que la nuit de noces on ne plante pas l'élue sous prétexte de pingouins et de bibines… Je lui ai demandé vertement de fermer sa gueule, de me prêter sa bagnole, ou de me conduire à la station de bus, pour voir dans la minute si les pécores du coin l'avaient vue passer.

Henry avait pas de caisse, mais un quad rouge, zébré de blanc, sobrement appelé « Huggy les gros tuyaux », il m'a dit que c'était un 50 cm^3, mais qu'il l'avait kitté et que du coup il pouvait le pousser à 110 sans trop de problème, que la carrosserie sur ce modèle avait été prévue pour un moteur de 125, et que vraiment ça le faisait. Il allait commencer à me parler des pots d'échappement de l'engin qui justifiaient son sobriquet, mais il a vu à mes poings crispés qu'il fallait mieux oublier la théorie et tendre vers un peu plus de pratique…

Il a fermé son bar, et on a sauté sur son cheval de fer.

On a roulé vers la station Greyhound. Il y avait un type à moitié assoupi dans la cahute. Il n'avait vu personne répondant à la description d'Emma. Dans les cafés de la ville, à la mairie, dans les cinémas, à la station de taxi, c'était partout le même refrain…

On faisait gravement chou blanc.

La durée de mon mariage allait rentrer dans le *Guinness Book* : moins de vingt-quatre heures.

On s'est assis sur un banc, à côté de la station de taxi. Très sobrement, j'ai explosé en larmes. Putain, ça m'a fait un bien fou. J'ai pleuré comme un môme qui se rend compte qu'il vient de faire une grosse bêtise. Une bêtise pas beaucoup plus grave que sécher son petit frère dans un four micro-ondes, ou couper la main de son pote avec une hache. Rien de bien méchant mais une bêtise quand même…

Pendant une demi-heure, j'ai geint, craché, martelé l'épaule d'Henry sur l'air de « Mais dis-moi que c'est pas vrai… », agité les bras en insultant le bon Dieu, qui là-haut n'avait honnêtement pas grand-chose à se reprocher. Ça m'a soulagé de me répandre. J'avais laissé la pudeur dans ma poche et je crois que de toute façon j'en avais plus franchement besoin. Deux heures que je stressais, et mes nerfs étaient tendus comme les cinq cordes de Keith Richards sur *Street Fighting Man*.

Henry m'a pris par l'épaule. On est remontés sur Huggy, destination le bercail.

Il était huit heures.

À « La Baleine », j'ai commandé du café, et commencé à appeler mes potes pour leur peindre le tableau.

J'ai eu Darius qui fut abattu par la nouvelle. On est convenus qu'il allait dare-dare voir du côté du foyer des Chicanos. Il semblait assez évident qu'elle allait repasser chez elle. Il l'attendrait pour lui parler. Il m'a dit qu'il prévenait Richard, et qu'il lui demanderait de foncer à la station de bus vérifier si elle y descendait. Il a tenté de me rassurer :

— Tout ça c'est des jeux d'amoureux, rien de plus. Regarde, moi et ma femme, vingt ans que ça dure. Dans la vie, y a des hauts, y a des bas… Les jours se suivent sans se ressembler… Après la pluie, le beau temps…

Je l'ai interrompu, et lui ai donné le numéro de « La Baleine », en lui demandant de me rappeler toutes les heures. Je sentais qu'il allait enquiller sur tout un tas de platitudes, et là, j'étais pas d'humeur… « La chèvre, le chou » ; « Le calme, la tempête » ; « La carpe et le lapin », « L'omelette, les œufs » ; « Le gars et sa monture qui va loin »… Tout ça je connaissais par cœur. Au jeu des sept familles, dans celle des « Proverbes à la con », j'aurais pas eu à demander « Pioche ».

Je me suis allongé sur la banquette pour réfléchir. Henry a mis *Heartbreak Hotel* d'Elvis.

Je me suis endormi.

À onze heures, le téléphone s'est mis à carillonner. Dans un rêve, j'étais en train de me battre avec un ours polaire de six mètres de haut qui s'était mis en tête de boulotter un bébé phoque blond qui avait le visage d'Emma. La sonnerie m'a réveillé. J'étais en eaux. Henry m'a passé le combiné.

C'était Richard.

— Alors ?
— Alors rien. Elle n'est pas passée à son appart, pas descendue à la gare… elle n'est pas ici.
— Et Darius ?
— Rien non plus, il a laissé quelques billets à un Chicanos pour mater au cas où… Mais ça pue.

Sur le coup, ça m'a fusillé, je me suis remis à sangloter.

— C'est pas vrai, hein, Richard ? C'est pas vrai, hein, dis ?…

— J'arrive, je suis à la station Greyhound, je t'appelle d'une cabine. Je monte dans le bus dans huit minutes.

J'ai commandé un autre café et tenté de faire un bilan exhaustif de la situation. J'ai pris un papier, un crayon, et j'ai listé les hypothèses de sa disparition par ordre décroissant de probabilité. Enlèvement par des Palestiniens ? Non. Victime d'un serial-killer ? Peu vraisemblable. Partie à un stage de kite-surf ? N'importe quoi… J'avais beau tourner et retourner le problème : j'étais battu… Un gladiateur, qui s'est fait bouffer un bras, une guibole et deux couilles, peut se dire « Je termine de zigouiller les quinze lions en sautillant sur un bout de fémur et je suis libre ». Le gladiateur, il a un moral de fer, c'est son boulot… Là, non… Pas d'espoir. Elle était partie… Elle était partie seule ou avec un autre, mais elle avait taillé la zone et je ne la reverrais sans doute jamais…

J'avais la vie qui tournait en plein et des fusées de détresse dans les mirettes.

Emma s'était peut-être noyée en mer, aussi. Je connaissais somme toute assez peu ma femme, c'est vrai, mais je ne me souvenais pas de lui avoir vu récemment pousser des branchies sous les oreilles.

Au large de la plage de Sandpiper, y avait peut-être un bout de femme mariée, barbotant au loin, quelque part entre un dégazage de tanker et des excréments de crustacés. Fallait vérifier.

J'ai décampé de mon tabouret et j'ai dérapé vers le sable. J'ai couru vers le haut des dunes et j'ai dévalé la pente. J'ai gagné le plat, et j'ai galopé. Je gueulais comme un dingue, je crois. Je beuglais. Je proférais un chapelet d'insanités aux chapelets de rouleaux. C'était donnant-donnant. Je me sentais pas de faire dans la finesse. « La mer mêlée au soleil » et ce genre de pignoufferie, je leur pissais bien au cul. J'avais des larmes plein la tronche et plus grand-chose dans le ciboulot. C'était comme le jour où je lui avais frotté le crâne, sauf que là c'était sur ma propre tête que le destin s'essuyait les pognes…

J'ai couru une demi-heure, et puis une autre… et puis j'ai laissé tomber pour mieux rentrer en marchant, la tête baissée, et les bras ballants.

Au loin, Requin et Marteau avaient repris leur poste de garde. Ils étaient fidèles, eux… Il leur manquait juste une toque en ours brun, et ils avaient un boulot à vie au pied de Buckingham Palace. Ils regardaient leur paternel tournicoter dans son tee-shirt « I love Sandpiper » tout propre. Heureusement que la miséricorde leur avait épargné l'apprentissage de la lecture, ils seraient morts de ridicule, je crois, en comprenant le panneau de leur papa homme-sandwich.

Je me suis assis à côté d'eux. Ils m'ont souri. C'était bon cette chaleur. Ça venait de loin et ça ne trichait pas.

La petite s'est glissée sous mon épaule, et le gamin a posé sa tête sur le ventre de sa sœur…

J'ai réajusté leur couverture.

À l'horizon le soleil faisait le mariole, le papa battait le rythme. Moi le cul dans le sable, j'en menais pas large.

Je cherchais des raisons à sa fuite, et j'en trouvais pas bézef. La première fois que je l'ai vue, j'avais un sérieux coup derrière la cravate… Je l'ai déjà dit ça, mais c'est vrai qu'elle tombait du ciel, et que mon ciel perso, je le contemplais plus souvent écroulé sur le trottoir qu'à travers les baies vitrées de Saint-Pierre.

Et puis après on s'est aimés… Le lichen connaît pas forcément l'histoire des chênes ; faut pas demander au doryphore d'écrire une thèse sur les patates… Je me suis accroché à elle sans réclamer mon reste. J'ai jamais forcé sur les questions. Jamais. J'ai toujours respecté ses silences. Parce qu'elle me faisait vivre, parce que je suis moche et que je paraissais plus beau avec elle ; parce que je suis vide, et qu'elle me remplissait ; *parce qu'elle avait les yeux bleus et qu'elle avait vingt ans* ; parce que…

Je sais pas d'où ça vient ce don pour tout foirer. Je sais vraiment pas.

Ou alors j'ai des doutes…

Ça branche quelqu'un, un peu d'auto-analyse pleur-nicharde ? Ouais ? Allez, on est partis.

Mon père avait rencontré ma mère un beau jour de libération de Paris, elle tenait un troquet à Belleville, lui était l'archétype beau gosse du sauveur amerloque. Il a franchi la porte de son rade, et a commencé à lui faire du gringue. Ils ont bu des coups pendant quelques jours, après ils en ont tiré pas mal. Ils voulaient pas d'enfants. Pas le temps. Pas confiance en l'avenir. Pas envie, quoi… Quinze ans après leur rencontre, le stérilet de ma mère devait battre de l'aile, et ça a pas raté : ils m'ont pas voulu, ils m'ont eu.

Ma mère était belle. Mon père avait raté le coche, j'aurais pu être beau. Pas beau et intelligent. Non, faut pas charrier, mais au moins présentable… Le jour de la giclée fatidique, il a dû penser à une vieille tante moustachue, et pan, un spermatozoïde blindé de gènes de thon a conquis le saint Graal. Bilan des courses : ma gueule. Merci du cadeau.

À l'époque, sous de Gaulle, ça se faisait pas trop d'être en cloque et célibataire, alors ils se sont mariés. Ils ont « régularisé leur situation », comme on dit. Un mariage vite fait, terminé comme le mien dans l'arrière-salle d'un troquet. C'était fait sans conviction, mais aux yeux de la morale, tout roulait.

Mon père était représentant en petit électroménager (des mixers, des aspirateurs, mais aussi, et surtout, des fers à repasser. Comment ça, il n'y a pas de destin ?). Ma mère tenait la boutique… Quand j'ai eu quinze piges, papa, un soir de beuverie, a trouvé cocasse de s'enrouler en CS autour d'un platane. Ma mère pendant des années a trimé pour m'élever seule. Elle a dû balayer, épousseter, lessiver tout ce que Paris comptait d'appartements chicos, tout en tenant son bistrot… Tout ça pour me payer des études de lettres où, au passage, j'en foutais pas une rame. Je l'aidais un peu au bar, par contre, ça j'aimais bien.

Quand j'ai eu vingt-cinq ans, j'ai pris mes cliques et mes claques et j'ai tout envoyé bouler. J'en pouvais plus. Je tournais en rond. J'avais déjà un potentiel pas bien terrible, mais je trouvais en plus le moyen de tout foutre en l'air. Belleville me gonflait, ma vie en France aussi, et j'avais envie de marcher sur les traces de mon père… Pas tant pour le rêve américain que pour un horizon que j'espérais plus dégagé, peut-être par instinct aussi, ou pour l'illusion d'un redémarrage à zéro.

Sans doute même…

De Paris, j'ai pris un aller simple pour New York. J'ai zoné là-bas plus d'un an, puis je me suis enfoncé un peu dans les terres, et puis encore un peu plus. Je me suis arrêté quelques années dans une bourgade du Kentucky, pas très loin de Frankfort. J'ai bossé comme tâcheron dans une usine, puis comme employé agricole. J'ai trouvé une nana à qui j'ai offert quelques années de ma vie, le temps nécessaire pour qu'elle me pulvérise. Quelques semaines après le départ de ma douce avec mon seul pote, j'ai appris par courrier que ma mère s'était fait bouffer le nibard par le crabe, et qu'il avait eu sa peau… J'ai ramassé les bouts de moi qui traînaient, je suis monté dans un bus Greyhound, et je me suis laissé porter au pif, pour atterrir dans le trou de balle de la civilisation : mon bled…

Là, pour le coup, je me trouvais vraiment seul. Au niveau *success story*, ça a pas aidé…

Mon paternel, quand j'étais lardon, m'a pas donné le sein avec des rêves d'absolu, il n'en a sans doute jamais eu. On s'évertue chez nous à merder sa vie de père en fils. J'ai eu la poisse en héritage. Il s'était fait une raison. Dans les familles d'avocats, c'est une montre Cartier, chez nous, c'est les rames… Arrière-petit-fils de *loser*, petit-fils de *loser*, fils de *loser*, et *loser* moi-même, je m'étais juré de faire cesser ce fiasco…

Quand Emma m'a fait comprendre qu'elle avait une vie, et que cette vie c'était mon cadeau, je n'y ai pas cru. J'ai senti le loup, mais j'ai marché vers les flammes en faisant fi de la chaleur. J'avais pas mal roulé ma bosse, et d'expérience, je savais que cette nana n'était pas pour moi. Elle était « trop » : trop belle, trop silencieuse, trop attirante, trop tout… J'étais conscient de courir à ma perte. Mais rien à battre : j'ai mis mes chaussures à crampons, mon short, un débardeur, et tant qu'à courir, j'ai couru comme un champion.

Le premier qui briserait la malédiction familiale, ce serait moi… Mes enfants auraient du bol : ils partiraient pas de bien haut, mais au moins ils auraient pas les ailes pétées.

Elle a esquissé un oui, et j'ai hurlé banco.

J'ai pas crié longtemps. Avec la chance, j'avais à peu près autant d'affinités que la Beauce avec les Appalaches.

Tout a encore capoté.

Sur la dune, face à la mer, à force de ressasser les échecs, je commençais à pas mal me badigeonner de marasme. Quand quelqu'un m'a proposé une cigarette, je l'ai prise.

Le quelqu'un m'a offert du feu en s'asseyant à côté de moi et des gamins. J'ai posé ma tête sur sa cuisse et je me suis remis à chialer. Il a passé sa main dans mes cheveux sans dire un mot… C'était pas d'un discours dont j'avais besoin mais de la chaleur d'un copain.

Richard était arrivé. Il allait veiller sur moi.

C'était très bien comme ça…

L'intime au journal

*C'est une bien triste chose que de nos jours il
y ait si peu d'informations inutiles.*

Oscar Wilde

On est restés quelques heures sans broncher, puis on
a pris les mômes et on est allés casser une graine à « La
Baleine ».

On a posé les mouflets sur la banquette pas loin du
pélican. Je leur ai payé une glace. Le pélican les a
piqués et a failli leur boulotter la mimine. Je lui ai collé
une beigne. JFK m'a filé un coup de bec. Je l'ai traité
de con. Il s'est mis à gueuler. Je lui ai foutu un coup de
pied au cul. Il est sorti cahin-caha en hurlant un paquet
de noms d'oiseaux.

J'ai regardé les mômes. Ils étaient vraiment dans la
mouise, naufragés de la vie de leurs parents, mis sur la
touche avant même d'avoir entamé le match. Moi, mon
existence venait de changer de cap, j'allais naviguer à
vue un paquet de temps sur une mer pour le moins

houleuse, soit, mais au moins j'étais adulte. Ou censé l'être…

J'ai regardé dans le bar. Henry faisait la tronche. Moïse parlait pas. Richard était plongé dans la carte. Requin et Marteau suçotaient leur glace et s'en foutaient partout. Il s'était passé un paquet de trucs depuis mon arrivée, et j'étais claqué. J'étais venu ici pour marquer le début de ma nouvelle vie d'homme. M'installer, fonder une famille, devenir adulte… Le lendemain de mon arrivée, j'étais dans un bar, une binouse à la main, avec Richard en face et ma nana en villégiature du côté de Pétaouchnock… J'avais pas avancé d'un pouce. J'avais même réussi l'exploit de reculer. Chapeau bas, l'artiste…

Je lisais l'avenir au fond de ma bière. Ça n'augurait rien de terrible.

L'ambiance était lourde, moite, presque palpable. C'était pas croyable cette chaleur, bientôt faudrait faire gaffe aux endroits où on posait nos pieds : on allait risquer de marcher sur des iguanes ou des alligators. Quelle météo pourrie.

C'est là-dedans que Charcot, mon pote de la nuit dernière, a fait son entrée. Il était tout sourire et avait à son bras une demoiselle qui avait dû être une très belle jeune fille, il y a de ça trente-quarante ans. Elle était habillée comme une prof de lettres qui s'encanaille. Le chignon qui pétarade et le tailleur en goguette. Derrière ses lunettes en écailles, ses yeux pétillaient. M'était d'avis que ce matin Charcot et elle avaient dû mettre la panique à leur corps de vieux… La dame avait l'air gourmand ; en regardant ses joues à la loupe, on aurait pu trouver sans mal les empreintes de ses rotules.

Ils se sont assis à notre table. Charcot a présenté sa bourgeoise. Elle s'appelait Virginia. Il l'a introduite comme étant une amie « intime ». J'aime bien moi cette pudeur surannée. Les vioques un peu précieux, ça a des expressions tordantes comme ça : « Ma bonne amie », « Mon compagnon », « Des salutations distinguées », et tout un chapelet de babioles qui sentent bon les escarres et la violette.

Elle était à la retraite et travaillait à ses heures perdues dans un canard local, *The Sandpiper News*. Elle prenait des photos, écrivait des articles. Elle traitait des conseils municipaux, couvrait les commémorations diverses et variées. Elle s'enthousiasmait sur les départs en retraite des cantinières, des facteurs, les ouvertures de snacks, de stations-service… Elle se délectait, dixit, « des petits riens qui font la vie d'une communauté ».

Elle était là pour l'Allemand. Charcot lui avait tout expliqué. Elle trouvait ça « sublime ». Elle tenait son scoop, « cette histoire d'homme brisé, affrontant son destin sur une plage déserte, cet amour fou, cette passion, ces enfants sans amarres… ». Et pan, c'était parti. J'allais passer une heure à lui tenir le crachoir. Elle se prenait pour Jack London, lui pour Livingstone. Tu parles d'un couple de casse-couilles.

Pendant un temps infini, elle m'a exposé ses vues et monologué à bâtons rompus sur ce qu'elle allait faire. Moi j'avais d'autres chats à fouetter, et de ce qu'elle baragouinait, j'en avais strictement rien à carrer. Elle a dégluti encore un chouille, puis elle s'est figée comme un setter devant un faisan, en proclamant « Allons le voir. J'ai l'absolue nécessité de le prendre en photo ». L'absolue nécessité. Rien que ça.

J'ai laissé Richard avec les mômes et on s'est mis en route. De toute façon, ça ou peigner la girafe…

En haut de la dune, il y avait une cinquantaine de quidams. Le ciel virait à l'orange, la mer était calme, et l'Allemand tournait. La nana de Charcot était bouche bée, elle essayait de parler, mais pas un son ne sortait, ça nous faisait des vacances. Abasourdie, elle était, la Virginia ! Toute la misère du monde était étalée, là. C'était un sujet en or, rien qu'à elle. Elle entrait dans la cour des grands : seuls Christophe Colomb et Einstein avaient dû ressentir un jour un tel plaisir de la découverte.

Elle a retroussé le bas de sa robe puis, d'un coup de pied sec, a fait gicler ses tatanes. Elle a sorti un appareil photo de son sac, et a couru comme une demeurée en direction du scoop de sa vie.

Ça mitraillait dans tous les sens. Des contre-plongées, des plans de près, de loin, des panoramiques. Elle jouait avec les ombres portées, cherchait l'indicible. Du concret et du sensible, de la douleur et de la folie sur des kilomètres de péloche. Elle était en transe.

C'était assez flippant de la voir tourner autour du mec qui tournait. Flippant, ceci dit, faut modérer. Avec Charcot, on était peinards en haut de la dune, on la regardait faire son bordel en tirant sur des clopes. On risquait pas une crampe à la guibole.

Elle avait ses humeurs, la Virginia. D'un coup, d'un seul, vlan, elle a tout arrêté, remis ses godasses, rengainé son appareil, pris Charcot par le bras, et ils se sont barrés sans même se retourner.

L'après-midi se mourait gentiment. J'avais pas d'idée, pour retrouver Emma. Avec Richard on s'est dit que le plus efficace, c'était encore de l'attendre. Attendre, glander, tuer le temps, on commençait à maîtriser le sujet. Comme la bière était trop naze, on a enterré ce qu'il restait de cette journée vérolée à grands coups de petits verres de rhum, puis avec mon nouveau coloc, on est rentrés au bungalow.

J'ai vu l'alliance, je l'ai prise et rangée dans le tiroir de la table de nuit. On s'est couchés, et on a fait ce qu'on avait de mieux à faire : finir la bouteille de rhum que j'avais chopée au bar. Je sanglotais en reniflant comme le poivrot amoché que j'étais. Richard parlait un peu plus que d'habitude. Il posait des questions. C'était assez senti.

— Tu sais d'où elle est originaire ?
— Non.
— Ça va pas nous aider. Tu te souviens d'elle parlant de ses parents ?

— T'en as vu au mariage, toi, des parents ? Non, jamais parlé, jamais évoqués. Jamais vu une photo d'elle petite ou ado. Je connais pas la gueule de sa mère. Je sais rien.

— Elle avait quoi, comme projet ?

— Je sais pas…

— Hum…

— Quoi « Hum » ?

— Vous parliez de quoi ensemble ?

— On parlait pas.

Et ainsi de suite, en faisant tourner la boutanche, jusqu'à ce que la cuite nous cloue le bec. Je passais la seconde nuit de mon voyage de noces à Sandpiper, non pas couché contre ma femme, mais contre mon meilleur pote…

On ne dissertera jamais assez sur l'expression « coquin de sort ».

Ventricule droit

On est en 2154. Je vis sur Vénus. Je suis splendide et magnifiquement proportionné. J'exerce une profession fascinante : avaleur de couleuvres. Être avaleur de couleuvres sur Vénus, c'est un talent, une aptitude. Être avaleur de couleuvres dans un monde où on ne doute plus de rien, c'est un don incongru. Cette passion est devenue mon métier. Je gagne très bien ma vie en ingurgitant des serpents devant un parterre médusé.

Mon nom s'affiche en énorme.

Je suis une star et j'en profite.

Je bouffe la vie et je vous emmerde.

Je navigue, à la fraîche, dans ma fusée privée, entre Vénus et un satellite vénusien découvert il y a peu : Emma. La planète Emma. « Chauffez vos hourras mesdames & messieurs, il y a spectacle ce soir. » Je m'y produis. Je gare mon véhicule interstellaire, mets mon U, et décide d'accéder à la salle en vaquant au milieu des champs de fleurs blanches. Il y a beaucoup de champs de fleurs blanches sur Vénus. Faut le savoir, au début ça étonne. J'erre l'âme légère. C'est chouette. J'avalerais bien une couleuvre pour fêter ça. J'ai envie de longer la mer de la Félicité. On m'en a dit le plus grand bien. Pour m'y rendre, je traverse des heures durant, une voie bordée de plantations en buis. Leur élagage dessine un mouvement qui progresse d'arbre en arbre comme un négatif Ektachrome. En balayant l'allée du regard, le mouvement s'anime. C'est un corps. Il marche à mes côtés. La tête se tourne progressivement et me fixe tandis que je progresse dans l'allée : c'est le visage d'une femme. Le corps d'une femme. Elle est belle. C'est Emma.

J'accélère le pas…

Je marche longtemps. Une Emma végétale m'accompagne. Elle est verte sous le ciel jaune. Une fusée passe, portant dans son sillage une banderole publicitaire « On boit frais et on s'amuse à "Emma revient" (Terre) »…

Je me mets à courir. J'arrive sur la plage. Au loin s'étend la Félicité. Je me déshabille et y plonge.

Je nage longtemps. Et encore longtemps. Mes muscles fatiguent. Le soleil se lève. Sur Vénus, c'est l'heure où la nuit tombe. À mesure que le cercle solaire apparaît, il laisse entrevoir en son centre une bouche immense. Une bouche rouge et pulpeuse. Celle d'Emma. J'avale deux ou trois couleuvres pour me donner le courage de me mouvoir jusqu'à elle…

Je lutte longtemps. Et encore longtemps. Et plus longtemps encore. Je parviens à la toucher. Elle murmure « Viens ». Je pénètre en son corps par ses lèvres entrouvertes. Je descends en Emma, ne me laissant porter que par les parfums qu'elle aspire.

Je flotte...

Je finis ma course dans son cœur. Il y fait doux. Je me sens vivant. Je décide de m'y installer. Je vis au cœur d'Emma. J'habite son ventricule droit. Pour toujours, j'espère. Ou au mieux à jamais.

Et merde...

Je me réveille...

Un seul problème vraiment sérieux

Je me crois en enfer, donc j'y suis.
Arthur Rimbaud

Parfois quand la bibine nous portait vers le plumard, Richard et moi, on dormait ensemble. On était pas invertis pour deux sous, mais disons qu'on était câlins. Le jour nous a cueillis dans les bras l'un de l'autre. Souvent, comme ça, on se réveillait tout entremêlés.

J'ai envoyé valdinguer le bras qui barrait mon torse. Il faisait super-chaud, et j'étais tout transpirant. C'était désagréable cette sensation. J'ai chaussé un jean et un tee-shirt, et je suis parti vers « La Baleine ». Je puais de la gueule. J'avais une solide odeur de géranium larvée sous les bras, mon polo devait sentir le gibier, et j'étais pas rasé. De tout ça, je m'en battais les joyeuses : j'étais pas là pour un casting.

Henry était sur pattes. Je lui ai demandé s'il y avait du neuf du côté de Darius. Nibe… J'étais pas plus étonné que ça.

J'avais une dalle du tonnerre. J'ai pris un triple café, des tartines, un œuf. J'étais assis sous mon dauphin moisi et je matais Moïse et Henry qui s'activaient sans trop de conviction. Y a un type qu'est rentré avec sa copine. Ils se sont mis au comptoir et ont pris des cafés. Le mec a posé le journal sur le bar et a demandé « C'est où ? ». Henry a regardé le canard et a fait des yeux gros comme quatre pastèques. Il a appelé Moïse et lui a demandé de les accompagner. Les trois sont sortis du rade. Il était neuf heures du matin, Henry se servait un double scotch. Pour un mec qui picole pas, ça faisait mauvais genre, un peu… Il avait l'air sonné. Ça m'a intrigué. Je suis allé vers lui, je lui ai demandé ce qu'il se passait.

Sans un mot, l'œil hagard, il m'a montré le journal.

En une, l'Allemand plein pot : une photo, pas trop moche d'ailleurs, de lui de profil, les yeux fixés vers le Grand Sud, la bouche entrouverte… Un énorme « Drame en direct » barrait le canard dans toute sa largeur. À l'intérieur, cinq pages de rédactionnel détaillaient ce qui se tramait ici dans un style complaisant assez proche de l'abjection la plus crasse. Virginia se branlait la plume sur le thème de Sisyphe. Pas un des habitants du bled n'en avait entendu parler, mais elle y allait, retapissant le journal du sol au plafond avec ses histoires d'absolu et d'absurdité… Elle était fascinée par cet homme qui s'offrait « une mort lente », face à la mer, sur une plage déserte, au nom d'un amour parti en sucette. Elle parlait de nous aussi, les rares résidents du camp. Elle nous dépeignait comme « des êtres en marge du monde », peut-être « des nouveaux héros »,

peut-être « les symboles d'une société en déliques-
cence »… Elle disait qu'on avait l'air d'une communauté de freaks, et qu'entre nous, il y avait des non-dits
qui exprimaient beaucoup… Elle dérapait à plein
régime. On était cinq, et on se connaissait à peine.
Comme démarrage de communauté, on a vu plus
pétaradant.

Elle terminait son article en conseillant de venir voir
ce spectacle incroyable et citait Camus : « Il n'y a
qu'un problème philosophique vraiment sérieux : c'est
le suicide. »

Ben, voyons.

Y a deux autres personnes qui venaient de rentrer, le
journal sous le bras. Henry n'en revenait pas… J'ai
allumé une clope, il me l'a enlevée des mains et s'est
mis à aspirer d'énormes bouffées. Pour un type qui
fumait pas, c'était spécial comme geste. Les clients ont
pris un café et ont demandé « C'est où ? ». Henry
pataugeait, j'ai dit « Suivez-moi »… Je les ai accompagnés. J'ai croisé Moïse qui revenait de la dune et qui
partait à « La Baleine ». Les deux gus de tout à l'heure
étaient déjà assis à côté de Requin et Marteau. Les deux
nouveaux ont pris place sans un mot. Ils ont sorti des
clopes et une bouteille de flotte. Ils se sont mis torse nu,
et ils ont regardé l'horizon sans bavasser.

L'Allemand, le journal, les curieux qui débar-
quaient, et cette chaleur, bordel, cette chaleur… Je sais
pas mais je sentais qu'ici, ça allait virer baroque…

Dans « Bernique », j'ai réveillé Richard, je lui ai fait le topo. Il a halluciné. On est retournés voir Henry et Moïse. Il y avait cinq personnes supplémentaires avec un *Sandpiper News* sous le bras. Henry buvait une bière – n'importe quoi – et savait plus où donner de la tête… J'ai fait signe à Moïse de s'occuper des gens.

Réunion de crise. J'ai dit à Henry de demander à Charcot de rabouler avec sa bonne femme… Il a zigzagué vers le téléphone, a tapoté le cadran d'une phalange molle, bafouillé deux conneries d'une voix pâteuse, puis raccroché. J'espérais que c'était Charcot à l'autre bout du fil et pas les flics, sinon on était marron.

J'ai fermé le bar et mis un écriteau sur la porte « Bar closed. The guy who turns in round is behind the singing dune. »

Je prenais les choses en mains. Je voulais surtout pas que ça soit la zone quand Emma reviendrait, sinon elle ferait demi-tour et je ne la reverrais plus jamais. J'avais pas vu la Vierge, ça non, mais je me sentais investi d'une mission. Henry depuis son coup sur le casque était aussi fiable qu'un zombie. J'avais la conviction que je n'avais pas le choix : fallait me relever les manches et prendre le merdier à bras-le-corps. Paris aurait peut-être pu s'en occuper, mais elle était pas là, et tous les autres étaient complètement à la rue…

J'étais pas à Sandpiper depuis longtemps, et je me retrouvais pourtant à gérer un fieffé foutoir. Moi qui prenais jamais aucune décision et qui détestais ça, j'étais servi… J'ai pris la parole.

— Bon les gars, on va pas se mentir, c'est la merde.

— Ouais… a dit Richard.

— Il y a déjà neuf mecs là-haut et il est à peine dix heures. Dans la journée, on aura au moins cinquante loustics voulant tâter du réel. Demain ça risque d'être pareil voire pire. On va être submergés. Écope qui pourra et mort au bateau… Je le sens comme ça.

— Ouais… a souligné Richard.

— La nana de Charcot aurait mieux fait de se la fermer. La prose de cette vieille salope est en train de nous péter à la gueule. Le seul truc qu'elle mérite, c'est de se faire ligaturer les trompes à vif avec du fil de pêche. Ça la remettrait à sa place.

— Oh que ouais ! a judicieusement ponctué Richard.

— Maintenant, voilà : en termes d'effectif, on est pas des masses. Henry est raide défoncé, Paris est pas là, Moïse, t'es efficace, mais t'es quand même vachement muet. Et puis y a moi et Richard… On peut aussi imaginer que Charcot aidera dès que sa baronne lui lâchera la grappe… Et… Et c'est tout, on en est là. Je vois pas comment on va y échapper : la gestion de tout ça, c'est pour notre pomme…

— Et ouais… a soupiré Richard.

— Faut faire deux ou trois trucs fissa : en premier, je dirais, indiquer le chemin de la dune avec des panneaux. Parce que si tout le monde vient me demander « C'est où ? », y a pas des kilomètres avant que je réponde « Dans mon cul ». Moïse, tu t'en occupes ?

Moïse a hoché la tête de haut en bas. Je maîtrisais pas à mort le langage des signes, mais c'est l'idée que je me faisais d'un « oui ».

— Merci, mec… Richard, ce serait bien de mettre des chaises là-haut. Je suis sûr que les vieux qui rappliquent, ils seront pas tous chauds pour s'asseoir dans le sable. C'est pas à la minute, mais bon… Tu fais ça avec Moïse ?

— Ouais. OK pour les chaises. Et puis si je peux me permettre, tous ces gens, ils vont avoir faim. Ça mange, les gens. Le problème c'est qu'ici, la bouffe, c'est n'importe quoi. Et puis les hot-dogs y en a marre. Je peux m'occuper du resto, un peu, je promets rien, attention. Henry me filera un coup de main… Et puis la bière. Putain, la bière, t'es au courant, c'est carrément de la pisse. Ça craint quand même…

— Pas con pour la bouffe… Charcot peut aussi mettre la main à la pâte, parce que tout ça, à la base, c'est de sa faute. On le mettra en haut de la dune à surveiller le troupeau. Ou alors aux pluches. Ou avec un panier en osier à vendre des donuts sur la dune, habillé en pingouin. Ça lui fera les pieds.

— Affirmatif !

— … Pour la bière, si tu trouves une solution, t'es un champion.

— Trouverai. T'inquiète. J'en peux déjà plus.

— Pour Henry je suis pas sûr, par contre… Enfin pas tout de suite, en tous les cas…

On s'est tournés vers lui. Il était scotché derrière le bar. Il se passait les mains sur les yeux, il voulait peut-être s'arracher la cornée pour pas voir toute cette zone.

Il attaquait une vodka – ben voyons – en fumant clope sur clope. Il ne calculait déjà plus rien du tout.

J'ai dit un dernier truc.

— Dernier truc : on a jamais fait ça, donc on sait qu'on court à la cata. C'est écrit. On sait qu'on va faire que des conneries. Pas de pudeur là-dessus, on va pas commencer à se mentir. On a le droit de brasser de l'air, de faire n'importe quoi, d'être inutile et si on veut paniquer, on panique. C'est même conseillé.

J'ai mis les points sur les « i » aussi.

— Je mets, les points sur les « i » aussi : on s'engueule pas entre nous, on se tape pas dessus, et on crache pas sur les autres. Si on commence à avoir les nerfs, on s'arrête, on pose une fesse, on prend une bibine et on redémarre.

Et puis j'ai dit « Allez, en route… ».

— Allez en route…

On a rouvert le bar, j'étais ultra-remonté et je me sentais assez charismatique. Comme ça m'arrivait pas souvent, ça m'a fait tout drôle. J'étais pas tout à fait aussi rayonnant que Jésus, mais pas loin. J'étais LE leader. D'une bande de bras cassés, peut-être, mais le leader quand même.

En ouvrant la porte, on a buté sur des clients qui attendaient… On les a laissés avec Henry. Tant pis pour eux.

J'ai regardé le sommet de la dune. Je trouvais que, vu de « La Baleine », sa crête dessinait dans le ciel bleu comme une silhouette de femme posée sur un tableau d'Yves Klein. Je pétais un peu les plombs, moi… C'était quoi ces images à la con ?

En ratissant la dune, Requin, du bout de ses petits doigts, extrayait des petits cailloux blancs. Les plus beaux et les plus blancs possible. Marteau, à côté de lui, mâchait machinalement du sable puis le recrachait sans broncher. Dans ses glaviots flottaient quelques bivalves mortes.

J'ai demandé aux gens de ne pas prendre les jumeaux en photo, que c'était nul de faire ça, et qu'on était pas au zoo. Richard, ça le foutait en boule aussi. Il a pris les mômes par la main, a essuyé la bouche de Marteau et m'a expliqué qu'il les amenait faire les courses en ville, que ça leur changerait les idées, et qu'il fallait les éloigner de ce tas de cons…

En angoissant gentiment, je suis redescendu au bar avec Richard. À force de courir, j'étais trempé, moi… Ça n'arrêtait pas : il y avait encore de nouveaux arrivants. Une bonne douzaine dans le bar prenaient une conso avant de grimper là-haut… Henry servait café sur café en titubant. Il en foutait partout. Il venait de s'ouvrir une bouteille de rosé. Je lui ai dit d'aller s'asseoir. J'ai pris les manettes. J'ai ouvert la caisse enregistreuse et donné 100 dollars à Richard pour la bouffe.

Charcot a rappliqué en bagnole, une sorte de Ford bleu roi décapotable, subtilement affublée d'une attache-caravane. Richard lui a gaulé les clés. Le vieux avait un chapeau de cow-boy, une chemise blanche et un treillis. Son futal avait des fermetures Éclair au niveau du genou qui permettaient de le transformer en short à poches en un tour de main. Si le style fait l'homme, Charcot était mal barré : il ressemblait pas à grand-chose, comme ça, avec son déguisement d'Indiana Jones, mais au moins il avait deux bras valides. Dans la situation qui était la nôtre, c'était bon à prendre.

Tous les deux, on a passé un coup de balai, fait la vaisselle, mis des tables dehors, posé les nappes, changé les fûts de bière, et servi une tequila frappée à Henry qui, à mon avis, n'allait pas passer l'après-midi...

L'endroit commençait à prendre une allure à peu près digne. Charcot s'occupait d'accueillir les clients et de répondre au téléphone. C'était l'usine. Une version balnéaire des *Temps modernes*. Un café, un coup de fil, un accueil, une résa, un café, un coup de fil, un accueil, etc., etc.

Il était midi. J'ai vendu quelques dizaines de hot-dogs, des rasades de bière faisandée, et bizarrement pas mal de cartes postales. J'en avais trouvé un petit paquet dans un tiroir. Y avait JFK le pélican en gros plan dessus. C'était bien kitsch. J'avais passé tellement de temps dans les bars depuis que j'étais môme que je faisais ça naturellement. Ça m'a pas mal fait marrer. J'ai pris deux minutes pour appeler Darius. Il n'avait toujours pas de nouvelles d'Emma. Je lui ai expliqué la situation ici. Il m'a dit : « Comme quoi, on ne sait jamais de quoi demain sera fait. »

J'ai raccroché, pris Charcot par le bras, et je lui ai dit qu'il fallait quand même qu'il voie ce qui se tramait là-haut…

Le loustic était resté bloqué dans « La Baleine » depuis son arrivée, il fallait qu'il se rende compte de lui-même de l'étendue des dégâts. Sur la dune, il y avait une petite foule maintenant, grosso modo une centaine de pèlerins. Les gens étaient calmes et silencieux, comme hypnotisés par le spectacle… Charcot est resté figé, complètement fasciné. Comme ça, avec les mains sur ses hanches pleines de poches, ses lunettes noires sur le tarin et son chapeau, il avait la classe naturelle d'un blaireau pure race.

À un moment, l'Allemand s'est mis à ânonner « Fridafrida-fridafrida… ». Un murmure a glissé dans l'assistance. Une jeune femme un peu boulotte s'est mise à applaudir. Personne n'a suivi et elle s'est arrêtée. Je l'ai regardée un instant, elle a écrasé la larme qui commençait à rappliquer… Elle devait penser à un Jules qui l'avait plaquée, comme souvent plaquent les Jules : sans tambour ni trompette, et généralement pour une moins moche. Comme toutes les petites Ricaines abreuvées à l'eau de rose, elle rêvait du prince charmant, de la passion éternelle et du romantisme qui défrise. L'incarnation de ses rêves de gamine était là, pour de vrai, en panoramique 360 degrés, en odorama, et en son Dolby stéréo multidirectionnel…

L'Allemand était une métaphore moustachue de l'amour raté. Ça avait l'air de plaire…

Sandpiper était devenu un vaisseau sans pilote. Je sais pas par quel miracle ça allait être à moi d'en tenir la barre.

Il était beau, le capitaine…

Un café, un !

L'émulation transforme le travail, alors qu'il était naguère une charge lourde et pénible, en une question d'honneur, de gloire, de vaillance et d'héroïsme.

Staline

Pour changer, j'ai foncé à « La Baleine », le pélican me donnait des coups de bec dans les talons... Il avait l'air de s'éclater. Tous ces gens à qui péter les couilles, toutes ces victimes potentielles, d'un coup, d'un seul, c'était Noël.

En énumérant les dix plaies d'Égypte, on recense : 1 : *Eaux du Nil changées en sang.* 2 : *Invasion de grenouilles.* 3 : *Nuée de moustiques.* 4 : *Nuée de taons.* 5 : *Peste du bétail.* 6 : *Ulcères & pustules.* 7 : *Grêle.* 8 : *Invasion de sauterelles.* 9 : *Trois jours de ténèbres.* 10 : *Mort de tous les premier-nés.* L'inventaire des souffrances est assez bien tanké. Faut reconnaître... Il manquerait juste la onzième pour être bon : *Pélican collé aux basques*, ça s'appellerait... J'ai balancé un mollard à cette ordure. Elle m'a lâché les panards en braillant.

« Va-t'en, animal, tu n'auras jamais mon affection. »

J'ai trottiné au troquet, donc… Moïse y était dans le jus le plus complet. Il faisait ce qu'il pouvait mais il était muet comme une carpe, le pauvre vieux, et ça aidait pas pour expliquer la dune, les bungalows, le camping… En plus, il était tout seul : je courais à droite à gauche, Richard était en ville, Charcot surveillait le public. Du côté d'Henry, par contre, tout roulait : il était monté se coucher, la gueule dans une cuvette…

J'ai appelé Darius. Je lui ai demandé des nouvelles. Toujours rien. Personne n'avait vu Emma. C'était vraiment mal barré. Je me demandais si je ne devais pas appeler les flics. Lui m'a dit qu'elle était majeure, vraisemblablement vaccinée, qu'elle avait fait ses valises, et que ça n'avait rien à voir avec un quelconque kidnapping. La solution la plus sage était bien évidemment de poireauter et de poireauter encore.

Je lui ai demandé comment ça se passait, les affaires, il m'a dit « Calme. Trois jours sans toi et j'ai perdu 75 % de mon chiffre d'affaires. » Je lui ai dépeint le stress, lui ai expliqué qu'on y arriverait pas, et lui ai proposé de venir. Il m'a dit « J'arrive avec Maman ». Je lui ai répondu que c'était un frère, et qu'il prendrait 20 % des bénefs. Il m'a dit banco, puis rajouté qu'ils sautaient dans le bus pour être là avant la fin de la journée.

Tout ça commençait à prendre de la gueule. Lui, c'était un pro, il était né avec un limonadier dans la mimine, et sa femme avait dû fricoter avec Monsieur Propre.

Ça allait le faire.

J'ai pris un peu de temps pour boire une mousse dégueu en terrasse. J'étais lessivé…

Richard est revenu de la ville, il tenait un bambin dans chaque main. Dans la main restante, chaque lardon tenait un ballon, une pochette-surprise et des bonbons. Ils étaient maquillés et déguisés. Requin, c'était Superman et Marteau, c'était Blanche-Neige. Ils avaient un sourire infiniment chaud, et puis des yeux qui dansaient, et puis ils sautaient un peu dans leur pompe de costume, et puis ils chantaient en allemand des comptines rigolotes… Ils avaient enfin des manières de gosses. C'était pas du luxe, on avait failli attendre.

Les mômes ont couru vers moi. Ils ont sauté sur mes genoux pour bien commencer à jouer au con. C'était la première fois qu'ils me faisaient ça, et ça m'a vachement plu. Alerté par le bruit, JFK a ramené sa grande gueule. Les gamins se sont pas démontés, et ils se sont mis à le courser autour de « La Baleine » tout en essayant de lui rentrer une brindille dans le croupion.

J'ai aidé Richard à vider le coffre de la bagnole. Il était content de lui, il avait acheté de quoi faire une tambouille de dingue. Richard, c'était un diamant dans une gangue de Kimberlite, du genre précieux mais abrupt.

— J'ai trouvé des livres de cuisine. Faut une carte différente par jour. Ce soir, c'est chili con carne. Demain midi, c'est fajitas… Après on verra. Y a des glaces, des chips. Y a un peu de tout. On devrait s'en tirer. J'ai acheté de la binouse.

J'ai vidé le magasin, mais vu la chaleur, ça suffira pas.

— T'as une idée ?

— J'ai dégotté un plan de grossiste en picole par la dame de l'épicerie. Il fait du pinard aussi. Je sais pas ce que ça vaut, mais il va passer. Elle est super-gentille cette épicière, d'ailleurs, et puis elle est vachement jolie, elle a comme un sourire super parce que c'est bien quand elle sourit et puis elle a des super-cheveux, longs comme ça, et puis blonds un peu comme la couleur du soleil. C'est marrant ses yeux aussi. Qu'est-ce qu'elle est marrante quand elle parle. Limite on dirait qu'elle chante. Cette fille, c'est comme un torrent. Mais sec… Je sais pas si tu vois.

— Je vois très bien. Dis donc mon salop, t'as sniffé du poppers, ou elle t'a tapé dans l'œil ?

— Moi ??? Mais non. T'es con ou quoi ? Je dis ça, parce que tu m'en parles, c'est tout…

— Popopop ! Attention, je t'en ai pas parlé, Richard. Et tu ne le sais que trop bien, petite canaille.

— Me prends pas pour un guignol, tu m'as demandé pour la bière.

— Pour la bière oui, mais je t'ai pas demandé une fiche signalétique de… enfin… OK. D'accord. C'est de ma faute…

— T'es chiant…

— Pardon…

— Non, t'es chiant, c'est tout…

— Pardon, j'te dis…

— Pardon peut-être, mais t'es chiant.

— OK pour chiant, OK pour tout… Les mômes, ça dit quoi ?

— Y a la dame de l'épicerie qui…

— La dame de l'épicerie, oui ?

— T'es chiant, t'as vu ? ! T'as pas été chiant, là ?

— Oh, on peut rigoler, non ?

— Toujours est-il qu'elle est à moitié allemande et qu'elle va venir leur filer des cours d'anglais. Elle s'occupera d'eux à la fermeture du magasin. Elle a joué avec eux tout à l'heure en leur racontant des histoires en allemand. Ils se sont éclatés, les nains !

— Elle a l'air formidable, cette dame de l'épicerie.

— Ta gueule ! J'ai ouvert un compte là-bas d'ailleurs, j'avais pas assez de blé… Et puis comme il faudra passer tous les jours…

— Tous les jours ?

— Oh ça va ! il a dit en se marrant. Vu comment tu te fous de ma tronche, on dirait que tu as du temps à perdre. Alors occupe-toi de l'entrée du camp parce que ça, c'est pas possible, j'ai failli crever un pneu en revenant.

J'avais pas tilté mais c'est vrai que l'entrée du site ressemblait à un camp de romanos. Tous les gens déboulaient en caisse, et pas des premières mains. On aurait dit une casse : des Buick plus pourries que des Chevrolet qu'étaient déjà dans un état lamentable jouaient à pare-chocs contre pare-chocs avec des Lincoln miteuses et des Jeep hors d'âge... C'était *Bienvenue à Babylone* ici ou quoi ?

Il a enquillé.

— C'est à la mairie de gérer ce foutoir. Pas à nous... Je me suis renseigné auprès de qui tu sais. Faut appeler ce numéro. Le maire du bled est démocrate. Y aura pas de problème.

Leçon n° 1 : Richard parlait non stop.
Leçon n° 2 : Richard prenait des décisions.
Leçon n° 3 : Richard aurait bien mis une pétée à l'épicière.
Leçon n° 4 : Richard avait une sexualité.
Leçon n° 5 : Richard était démocrate.

En termes de leçons, ça commençait à poser son homme.

On s'est mis à la cuisine. Tout en préparant le chili, on a un peu listé les trucs qui merdaient. On était assez d'accord pour se dire que du côté d'Henry fallait oublier. Il s'était fait foudroyer. On avait déjà vu ça une fois avec un copain à nous qui avait gagné à la loterie. On était avec lui chez Darius quand on a suivi le tirage à la radio. Il a eu les six numéros plus le complémentaire… Au premier, il a souri, au second, il a fermé les yeux, au troisième, il s'est crispé, au quatrième, il s'est mis à se gratter l'oreille, au cinquième bon numéro, il a commencé à se bouffer la main. Bouffer, vraiment bouffer… Manger quoi… Au sixième, il avait une phalange dans la bouche et neuf doigts agrippés au comptoir… Quand il a eu le complémentaire, on lui a couru après et on a réussi à l'arrêter juste avant qu'il se balance sous une caisse qui passait à fond dans la rue. Il a pas supporté d'avoir du bol.

Y a des gens qui ne sont pas faits pour l'émotion, pas formatés pour… Henry, pareil, c'était ça : tous ces clients d'un coup, sans Paris, c'était pas possible. Les yeux ont dit merde aux oreilles, puis l'hémisphère gauche a envoyé chier le droit. Le voyant « picole à tous les étages » s'est mis à bourlinguer et les plombs sont partis en congés sans solde. En gros, jusqu'au retour de Paris, c'était à nous de tenir la baraque…

La bouffe, on allait se démerder, avec le coup de main de Darius, ça allait glisser. Maman allait prendre le ménage, ça nous laisserait le temps pour nous occuper du camp, des spectateurs, des bungalows, et de l'organisation de tout ce souk.

En termes de souk, d'ailleurs, on a conclu assez vite qu'au niveau de l'hygiène, c'était la débandade. Le maire devait se remuer un brin s'il voulait pas qu'ici ce soit Calcutta. Les bagnoles plus les poubelles, ça allait pas tarder à devenir joyeux. Encore deux jours à ce tarif et on allait se retrouver avec une colonie de rats traversant le camp en dansant la queue leu leu. La prochaine étape allait être une épidémie de peste carabinée, et là, on arrêterait de faire les malins. Le lendemain matin, je prendrais rencard avec lui, et j'expédirais tout ça dans la journée... Fallait que des mecs de la voirie passent tous les jours. Fallait aussi organiser un parking, et si possible dégotter un flic qui passerait de temps en temps pour mettre une danse. La populace ça a peur de la maréchaussée. Une prune ou deux, et hop, ça file tout doux.

On en était là quand Henry est passé devant nous en calbute, une bouteille de Mezcal à la main. Il allait du côté de la dune. Ça nous a fait de la peine, mais on ne pouvait pas des masses l'aider. Là où il était désormais, il n'y avait personne à part son ombre...

Pour couper court à tout accès de morosité, Richard a suggéré une mousse. Une de la race de celles qu'on a pas volées. J'ai dit « OK, mon pote ». Je suis pas d'une nature contrariante. Moïse faisait le guet, on pouvait souffler. Richard a sorti deux canettes du freezer. Il avait prévu le coup. J'en ai profité pour mettre la cassette des Stones que le mec du taxi m'avait donnée. Au-dessus du percolateur, y avait une platine qui arrosait le bar, la cassette était calée sur *Love in Vain*, et ça, c'était bon. J'adorais cette chanson : *Well, I followed her to the station with a suitcase in my hand. Well, it's hard to tell, it's hard to tell, but all true love's in vain.*

Je pouvais me laisser aller à un petit accès mélancolique : y avait matière. Je m'occupais de la terre entière, tout le monde à part Richard se foutait de ma vie. J'étais en train de perdre pied tout en courant partout. On a jamais inventé mieux pour se casser la gueule.

La première gorgée a failli nous faire pleurer. Putain, on peut retourner le problème dans tous les sens, une vraie bière glacée, c'est quand même du bonheur en canette. On s'est tu une ou deux minutes, le temps de se remettre de nos émotions, puis Richard a dit qu'en fait cette histoire d'Allemand et de public, c'était peut-être pas mal pour mon histoire perso. Selon lui, si ça commençait à parler du camp partout, ça donnerait peut-être envie à Emma de revenir. J'ai pas bronché, au fond de moi, je savais que ce serait pile-poil le contraire, et qu'Emma, c'était précisément tout ce qu'elle avait fui. Elle était pas raccord avec les barges. J'étais souvent assez limite, alors un étalage de cinglés de cet acabit, ça allait avoir le même pouvoir attractif sur elle que la citronnelle sur les moustiques.

Moïse m'a fait signe. Deux personnes voulaient rester dormir pour voir le jour se lever sur le type. J'ai posé ma bière.

— Bonjour, bienvenue à Sandpiper.

— Bonjour. Le monsieur qui tourne, c'est ici ?

— Oui, c'est au pied de la grande dune, là…

— Il tournera encore demain matin ?

— Bien sûr. Cette nuit, demain matin, demain après-midi… Fidèle au poste.

— Très bien. Il vous reste des bungalows, alors ?

— Vous êtes dans un jour de chance, il ne m'en reste plus qu'un. On a été dévalisés ! C'est « Poulpe ». C'est un peu cher mais attention, c'est la Rolls des bungalows. Un must, je vous dis, le frigo fait de la glace pilée…

— Ah, et c'est bien, ça ?

— Par cette chaleur, ce détail change la vie. C'est 75 dollars par nuit pour le frigo et le bungalow autour…

— Aah… Ahha… C'est pas donné.

— Oui mais pour ce prix-là, vous pouvez dormir dans le frigo… Ahhha… hummm…

— …

— C'était un genre de blague.

— …

— Voilà voilà…

Il a fini par poser sa carte de crédit. Je leur ai donné les clés. J'ai demandé à Moïse de les accompagner, et moi je suis retourné siroter ce qu'il me restait de canette avec Richard. J'avais improvisé sur le prix de la chambre. Normalement, je crois que c'était 200 $ la semaine. Mais bon, à circonstance exceptionnelle, tarif exceptionnel.

D'un coup, il y a eu un putain de boucan. Un peu comme un orgue d'église tombant sur une chorale de gospel. On a tourné la tête du côté de l'entrée du camp. Le bruit venait de là. Un van gris métallisé aux vitres fumées venait de s'y arrêter. Le chauffeur, en descendant, m'a immédiatement paru sympathique : lunettes noires, jean moulant, blouson en cuir, les cheveux brossés au beurre d'arachide, et une gourmette. Une caricature de trou de balle californien. Tout ce que j'aimais.

Mon nouveau copain automobiliste venait d'exploser un pneu en roulant sur un pare-chocs échoué au cul d'une chiotte garée à proximité. Ça le rendait mal aimable. Il s'est mis à pester des grossièretés à un rythme bluffant. On aurait dit un concours de slam. Il évoquait, entre autres, des mamans qui se faisaient faire l'amour sans tendresse par des animaux, type chien ou porc, qui étaient manifestement là pour répondre à l'appel de la chair, et non pour compter fleurette. Un autre mec est descendu, par rapport au premier, on ne pouvait que se tromper : c'était le même. Ce van, c'était l'attaque des clones. Numéro deux s'est lancé à corps perdu dans une métaphore filée associant les habitants de Sandpiper à des malades souffrant de pathologies plus ou moins lourdes. Au vol, j'ai saisi les qualificatifs suivants : « trisomique », « syphilitique », « hydrocéphale » et « cancéreux du foie ».

La dialectique est un art subtil où l'excès est intolérable.

Il y avait eu abus. Richard et moi étions colère.

Très calmement, et en silence, nous nous sommes levés. Le sourire aux lèvres, on s'est approchés chacun de notre côté d'un des deux énergumènes. Quand mon coup de boule a saisi mon interlocuteur, le principal avantage fut de lui fermer sa gueule. J'avais aussi réussi à lui faire pisser le sang par le nez, mais ça, c'était cadeau. Richard avait pris pour cible une partie ô combien fragile de son nouvel ami. Le malheureux cherchait un second souffle, à genoux par terre. Il se tenait l'entrecuisse en marmonnant « Merde de merde, sa mère mes couilles la pute ». La syntaxe était approximative, mais la douleur, réelle…

Une jeune femme d'une trentaine d'années, vêtue DNKY et créateurs français, est sortie de la bétaillère sans un regard pour ses deux complices, elle a posé ses Fendi de soleil sur ses cheveux mi-longs et s'est avancée pour nous serrer la louche. Elle m'a regardé droit dans les yeux, j'imagine que les cobras font pareil quand ils veulent se taper une mangouste. Elle avait le visage décidé, des doigts très fins, une peau légèrement mate, une poignée de main ferme, et vraiment, elle dégageait un truc sensuel très fort.

J'ai un ami qui disait souvent qu'il y a pas de filles moches dans les beaux quartiers. Le pomponnage, les toilettes, le maquillage, les bonnes manières, le langage, ça excite le prolo. Ça rate jamais. Karl Marx aurait plus fait pour la lutte des classes en supprimant les esthéticiennes qu'en écrivant son manifeste.

J'ai jeté un coup d'œil à Richard, il avait l'air sonné par la fille. Il s'attendait pas à ça…

Elle a dit :
— Rebecca Baray, journaliste à TV1. Pourriez-vous nous présenter le responsable du lieu ?

J'ai donné mon blaze, et ajouté :
— Pour vous servir…

Manquait plus que la télé pour être pleinement dans la merde.

La fête promettait d'être belle.

Sortez les lampions…

Scoop toujours

J'ai filé « Moule » aux deux cons, et « Pieuvre » à la journaleuse. Je l'ai accompagnée. Moïse, lui, a pris les corniauds sous son aile. Elle m'a demandé s'il était possible de me poser quelques questions relatives à ce qui se tramait ici. J'ai dit « Pas de problème ». J'ai rajouté que la maison offrait une flûte de champagne en guise de bienvenue. Elle m'a dit qu'elle était touchée, qu'elle me rejoindrait à « La Baleine » dans une heure, juste le temps de prendre un bain de mer. La route avait été longue et la compagnie de ses collègues l'avait lassée. Elle croyait, dixit, « aux vertus déstressantes des remous salés sur la peau nue »…

J'aurais été éjaculateur précoce, je me serais retrouvé avec une carte de Californie catapultée dans le slob.

Elle m'a confirmé le rendez-vous de tout à l'heure et a fermé la porte derrière elle. Je me suis dit qu'il était peut-être temps de jeter un coup d'œil à la dune. Là-haut, la foule avait grossi. La dune était balèze. On avait de quoi loger du monde. Dupond et Dupont n'avaient pas perdu de temps, ils faisaient des repérages et semblaient eux aussi sous le choc… Charcot surveillait tout ça d'un œil songeur. Des gens avaient pris place sur l'embarcadère, pas beaucoup mais quelques-uns. Y avait notamment Henry qui dormait au bout du ponton. Il était tout débraillé le pauvre vieux. Personne ne songeait à le relever.

L'Allemand a piqué du nez dans le sable sous un soleil de plomb. Charcot a murmuré à la cantonade « Ne faites pas de bruit s'il vous plaît, il se repose ». Virginia, sa gonzesse, venait de faire son come-back et mitraillait l'homme à terre. Elle était armée d'un chignon en béton, d'un tailleur strict et d'un air un poil revêche. Ses escarpins avaient de nouveau valdingué, et elle trottait du bout de ses pieds nus dans le sable blanc… Elle était plus calme qu'hier, plus captivée, plus attentive aussi peut-être.

À « La Baleine », la tartore était en marche, cinq ou six personnes attendaient leur chili et une dizaine sirotaient un godet. Ça jactait grosso modo assez peu. Ici, comme sur la dune, tout le monde pensait à l'Allemand. L'éperdu de sa quête leur renvoyait leur propre médiocrité, leurs amours minables, leur passion en balsa, leurs compromis sur l'oreiller. Les gamins dessinaient sur une table sans faire chier personne. Richard avait l'air épanoui, il portait un tablier, servait les gens. Ça faisait plaisir à voir. Il se sentait utile. Lui qui branlait jamais rien, ça devait lui faire tout drôle.

Darius et Maman ont débarqué. J'en aurais pleuré. Je me suis serré longtemps dans les bras de mon gros lard préféré. Il m'a juste dit que ça allait bien se passer, qu'il était là pour moi, que lui et Maman allaient abattre un boulot que je ne serais pas près d'oublier. Il m'a aussi fait part de sa certitude relative au retour imminent et définitif de mon être aimé. Il sentait la sueur, j'avais oublié à quel point son odeur m'était familière.

J'ai pris leurs bagages et je les ai accompagnés à « Espadon ». J'ai gardé « Calamar » au cas où une autre équipe de téloche déboulerait.

Ils ont trouvé leur nouvelle maisonnette complètement à leur goût. De sa valise, Maman a sorti ses produits d'entretien et a démarré derechef l'astiquage. D'abord les vitres puis les meubles, les poussières puis le bac à douche, les gogues puis la literie. Tant qu'à frotter, autant faire briller. Organisation. Rigueur. Discipline.

Darius et moi, on parlait assis sur le petit banc collé à l'entrée du bungalow. Il m'a demandé les détails sur la clientèle, les habitudes, les commandes les plus communément passées. J'ai tout détaillé. J'ai commencé par l'absence totale d'habitués, mis à part Charcot et sa femme. Je lui ai parlé d'Henry qui était dans le gaz, de Paris qu'était pas là. J'ai raconté Moïse qui parlait pas, et puis l'ai mis en garde contre ce trou du cul de pélican qui mériterait de finir empaillé dans un musée dédié aux casse-bonbons. J'ai fini en disant que je ne savais pas comment c'était possible mais que pour l'heure c'était moi qui tenais la baraque. Ça l'a bluffé. J'étais censé être un pochtron immature et déconnecté d'une quelconque forme de réalité. C'était un rôle que je tenais super-bien d'ailleurs… Il me quittait trois jours, et il retrouvait un adulte quasi responsable et chiant. L'archétype même de celui sur lequel je gerbais avant mon départ.

J'ai demandé des nouvelles de mon pote Greg. Il m'expliqua que son fiston s'était plongé dans une rétrospective traitant de « La nouvelle vague française ». Darius en quelques phrases restitua brillamment le contexte : dans les années soixante, des jeunes types français avaient secoué les conventions en réinventant des procédés cinématographiques. Son fils l'avait briefé sévère. De mémoire, il me cita les noms des œuvres projetées, *Plus de souffle*, *La Maman de la putain*, et puis *Jules aime Jim*. Entre autres.

Il a voulu voir les installations de Sandpiper. Je lui ai expliqué le fonctionnement du camp, la répartition des bungalows. On a parcouru les allées longeant les cahutes en placo, suivi le chemin contournant le camping, puis les cours de tennis. En fin de visite guidée, je l'ai emmené vers le clou du spectacle : le derviche allemand, tourneur, amoureux éperdu, et moustachu.

On a grimpé la dune. Gros comme il était, mon Darius, l'effort n'était pas anodin. En haut, sans reprendre son souffle, il a immédiatement foncé vers le troupeau des spectateurs pour se fondre en son sein. En comptant large, il a eu besoin de deux secondes pour être absorbé, pas une de plus. Son silence devant l'homme qui dormait faisait plaisir à entendre. Il était scotché. De mon côté, à chaque fois que j'étais là, perché sur des tonnes de sable à deux cents mètres au-dessus de la mer, je ne pouvais pas m'empêcher de me demander ce que ce pauvre Bavarois foutait quand même là.

J'ai coupé court à mes divagations, j'avais d'autres chats à fouetter : je cherchais au loin la silhouette de ma téléjournaleuse… Je l'ai repérée assez vite. Au loin, elle flottait, brassant quelques hectolitres d'eau salée pour se laver des tourments de l'imbécillité. Vu le niveau de compétence de ses deux collègues en ce domaine, c'était pas une mince affaire.

Cette gonzesse était un peu comme un papillon butinant une fosse septique. Elle détonnait complète-ment dans le décor. Elle dessinait des allers et des retours correspondant de près ou de loin à ceux du Teuton. Elle portait un maillot noir une pièce, de ceux qu'on aperçoit dans les magazines féminins urbains et qui portent le label « bon goût » en guise de nageoire dorsale.

Elle s'est approchée du rivage, s'est essuyée dans une serviette blanche, s'est allongée quelques minutes pour se sécher. Elle s'est relevée, et puis est repartie vers son bungalow. Ma montre affichait brave-ment un 17 h 25 de derrière les fagots. La dame était ponctuelle. J'avais envie d'un brin de toilette et Darius était kidnappé par le spectacle. Je pouvais vaquer. J'ai laissé tomber les affaires courantes, et j'ai tracé.

Je devais trouver des vêtements propres, me laver et faire en sorte de sentir bon. Coûte que coûte. C'était pas rien…

Dans « Bernique », j'ai contemplé l'étendue des dégâts : de propre, rien ; sentant bon, que dalle ; savon, pas.

J'ai fait avec, pris une douche, fouillé le fond de mon sac, y ai dégotté quelques frusques acceptables. Je me suis brossé les dents, j'ai lissé mes cheveux, trouvé une pâte à mâcher dans un cul de poche, et marché l'air de rien vers « La Baleine ». Elle y était. Je sais pas comment elle avait fait, mais elle y était. Il était dix-huit heures tapantes. Rebecca portait une robe noire. Ses cheveux étaient propres et secs, bruns et profondément épais. Elle était maquillée avec élégance. Dans le coin, les nanas se maquillaient plutôt à la truelle en sortant de leur boulot. Leurs soins de visage flirtaient avec les sacs de plâtre et de ciment entreposés dans leur garage. Là, non… Sa bouche éclatait au milieu de la pâleur de son visage et semblait taillée dans une roche ignée. Miss Baray ressemblait comme deux gouttes d'eau à Ava Gardner sur l'affiche des *55 jours de Pékin*. Manquait que David Niven à côté.

Dans le rade, ça mouftait pas. On cause pas devant la sainte patronne. Elle irradiait. Ça me rappelait Emma la première fois. Je me suis assis en face d'elle ; j'ai dit à Moïse « La même chose », et il a fait la gueule. Elle avait commandé un cocktail, et lui en cocktail, il était un peu branque.

Elle a commencé :

— Vous, aussi, êtes de ceux qui boivent des cocktails ?

— J'en suis…

— J'adore. Il y a dans les cocktails une volupté qui leur est propre. Une texture si particulière qui ne séduit que ceux qui savent ce qu'est le mélange. J'adore le métissage et les rencontres… Les cocktails n'apportent pas que l'ivresse, n'est-ce pas ? Tout en eux confine au sacré : leur couleur, le soin apporté à leur réalisation, le rituel lié à leur dégustation. C'est païen, mais délicat. Et puis la forme des verres… Un verre à bière est commun, un verre à vin aussi. Un verre à cocktail c'est autre chose, c'est un volume qui suggère la prise en main, un objet qu'on a envie de porter à sa bouche pour le désir puéril de retrouver la douceur. Vous voyez ?

Là, juste là, elle a cligné de l'œil. La salope. Vlan, en un tour de main, j'étais à sa botte. Elle m'aurait dit « La patte ! », je me serais exécuté… Ce qu'elle parlait bien en plus… La vache, j'avais intérêt à m'aligner. Ça m'aurait bien fait mal au cul de passer pour un péquenot.

— Drôle d'histoire que celle du Germain. J'en suis encore retournée…

— Inévitablement…

— Alors comme ça, il tourne ?

— En l'occurrence oui…

— Depuis longtemps ?

— Que je sache, six jours…

— Sa femme ?

— Oui, disons le départ de sa femme. Ça lui a mis un sacré coup. D'habitude, il psalmodie son prénom, il dit « Frida », et puis « Fridafridafrida… », puis « Fri… fri… frri… ». C'est assez anarchique. Rien n'est réellement programmé. Il a l'air d'avoir perdu la raison. En même temps il poursuit une quête avec une foi inébranlable. C'est un peu comme Don Quichotte. Le retour de sa femme, c'est son moulin à vent.

— Joli parallèle ! Et qui serait Sancho Pança ?
— Moi sans doute…

J'ai garé mes yeux dans les siens. Fallait savoir faire des créneaux. Son regard était tellement sombre que son iris et sa pupille se confondaient. J'ai goûté le cocktail. Pas dégueu. Avec de la menthe, du rhum, du citron, et de l'eau gazeuse, Moïse avait fait un breuvage acceptable. Côté Rebecca, pour le moment, avec mes adverbes, « psalmodier », et mon emprunt à Cervantès, ça faisait la blague. Allez, mecton, continue, t'es une épée.

J'ai repris :
— Moi sans doute, disais-je. Emma, ma femme est partie aussi, alors je le comprends.
— Quand vous a-t-elle quitté ?
— La nuit de notre arrivée. Il y a trois jours. Nous entamions notre voyage de noces, et j'ai dérapé à cause d'une sombre histoire de bibine et de pingouins. Elle n'a pas supporté, elle a fui.
— Je comprends.
— C'est incompréhensible, Rebecca, ne cherchez pas.

J'étais content de caser son prénom au milieu du dialogue, ça faisait concerné.

— Soit… A-t-il de la famille ?
— Oui, une femme, partie sur un long-board avec une statue grecque, et des jumeaux, une petite fille et un petit garçon : Requin et Marteau.
— Pardon ?
— « Requin-Marteau »… C'est le nom de leur bungalow. On ignore tout d'eux, pour les différencier on a choisi ça. Vous parlez allemand ?
— Mal… Pas du tout, en fait.
— C'est aussi notre problème. Nous avons fait avec les moyens du bord…

Il était 18 h 20. Une dame blonde et replète d'une trentaine d'années a demandé à voir Richard. Il est sorti de derrière ses fourneaux. Ils se sont fait la bise. Ensemble, ils ont franchi la porte pour aller chercher les marmots. La femme devait être l'épicière. Elle n'avait pas menti : elle venait s'occuper des gniards.

— C'est marrant. La dame qui entre est à moitié allemande. Elle tient un commerce dans le centre-ville et vient s'occuper des enfants. C'est sa première venue. C'est un soulagement. Au début les enfants regardaient leur papa tourner, et nous, on ne savait pas quoi faire, ni comment leur parler. Ils revivent, là, vous savez. Tout ce silence, pour les mômes, ça ne pouvait plus durer.
— Reparler sa langue maternelle c'est un peu retrouver sa mère. Une renaissance en somme…

108

— En somme, oui…

— Je vais devoir vous laisser, mon direct débute dans une heure et demie. J'aimerais préparer mes notes et superviser le sujet. Je présume que je ne filme pas les enfants ?

— Je ne préférerais pas. Ne m'en voulez pas, je n'ai pas d'autorité sur eux, mais je pense qu'il est bon de les préserver.

— Je comprends vos craintes.

— Bonne chance pour ce soir. Puis-je solliciter votre présence parmi nous à la fin du reportage ? Le cuisinier a préparé son « chili à sa façon ».

— Retrouvons-nous ici une heure après mon direct, qu'en dites-vous ?

— Du bien.

Je l'ai guidée vers le caillebotis qui menait au caillebotis suivant, qui lui-même menait au chemin allant de « La Baleine » au haut de la dune. Ses deux acolytes devaient l'y attendre. Rebecca avait un sex-appeal anticyclonique. En se déplaçant, elle charriait des masses d'air chaud. Première fois que je voyais ça, et ça faisait son petit effet…

Au fond de ma poche, j'ai retrouvé le numéro de téléphone du maire que Richard m'avait donné. Fallait que je prenne rendez-vous pour demain matin. Avec le reportage de la dame, les papiers de la nana de Charcot, le bouche-à-oreille et le beau temps, on allait pas tarder à être complètement débordés. La météo plaisantait pas du tout. C'était un automne qui jouait à l'été. Un temps lourd, orageux, et un thermomètre qui flirtait en permanence avec les 30°.

J'ai appelé le maire. Je suis tombé sur le répondeur de son portable. J'y ai laissé un message décrivant de manière précise et circonspecte la gravité de la situation et la précarité sanitaire dans laquelle nous ne manquerions pas rapidement de sombrer. Il m'a rappelé deux minutes plus tard.

Je retranscris fidèlement la cordialité de notre échange.

— Bonjour, je suis le maire. Je parle au responsable de Sandpiper ?
— Bonjour, monsieur le maire, disons que vous vous adressez au responsable par intérim…
— Responsable quand même ?
— Responsable quand même…
— Alors, allez vous faire machiner.
— Pardon ?
— M'en tamponne de vos histoires. Les rasta-quouères, c'est pas mon problème.

Il a raccroché.
Dans la rubrique « On reconsidère les fiches concernant ses proches », traitons du doux cas de Richard :

Leçon n° 1 : Richard parlait non stop.
Leçon n° 2 : Richard prenait des décisions.
Leçon n° 3 : Richard aurait bien mis une pétée à l'épicière.
Leçon n° 4 : Richard avait une sexualité.
Leçon n° 5 : Richard était démocrate.

Nouvelle leçon, la sixième, donc…

Leçon n° 6 : Richard venait de débarquer dans le monde des humains il y a moins de soixante-douze heures. Se méfier de ses conseils, et le garder à l'œil.

À méditer.

Impératif et singulier

J'ai raconté à Richard le coup de fil entre bibi et le maire. Il m'a dit qu'il était désolé, mais qu'on allait s'arranger, qu'il fallait juste remettre l'église au milieu du village et qu'après tout ça, ça allait rouler. Il a ajouté que le maire était un con et que cette nuit on pouvait aller pisser sur sa bagnole. Il m'a expliqué assez posément que le fait d'uriner sur la voiture d'un connard est d'un intérêt limité mais que ça défoule.

Il m'a dit aussi que si cette raclure nous laissait effectivement tomber, Rebecca avait un sérieux rôle à jouer. Elle pouvait glisser un mot lors de son direct sur l'absence de coopération des services publics. Et ça, c'était autrement plus destructeur qu'un jet chaud et ammoniaqué dégoulinant sur un pick-up.

Je l'ai regardé. J'ai failli prendre sa température et son pouls. Son idée était géniale.

J'ai galopé pour rejoindre la dame en haut de la dune. Elle était sur le point de démarrer les tests de la liaison satellite. Je lui ai fait un signe, elle est venue…

Elle avait l'air interloqué. Elle a penché la tête de quinze degrés vers la gauche. Ça devait être sa position d'écoute. Elle s'était maquillée : ses cils décrivaient un arc vertigineux, bâtissant un petit préau protégeant de la lumière les ténèbres planquées dans ses yeux. Sa bouche était rouge sang et lançait des reflets humides qui disaient « Goûtez-moi. Goûtez-moi ».

Elle était à mourir.

J'ai fait abstraction et j'ai repris mon souffle.

Je lui ai dit que la municipalité venait de nous lâcher, je lui ai narré les *a priori* pourris de ce vieux charlot de maire. Je lui ai aussi confirmé qu'on aurait pas de coup de main et qu'on allait pas y arriver, surtout après son intervention à la télé. Son travail – aussi remarquable fût-il – allait ramener une foule de curieux. Elle a de suite pigé. Pas conne, la Rebecca.

Elle m'a dit :
— C'est un scandale. Cet homme n'a aucune mesure de ses actes. C'est évident que la situation peut basculer très vite vers quelque chose d'ingérable. Je pourrais finir mon reportage par une phrase du type : « C'était Rebecca Baray en direct de la plage de Sandpiper où un homme tourne et tourne encore, où la foule grossit d'heure en heure, et où quelques bénévoles gèrent la situation sans le moindre soutien des autorités compétentes. »
— …
— Qu'en dites-vous ?

— Ce serait parfait, Rebecca. Je ne sais pas comment vous remercier. Puis-je vous embrasser ?

— Faites.

J'avais pris un sérieux coup de bambou. La petite assurait comme rarement. Je l'ai étreinte un moment. Elle sentait bon. J'aurais pu m'évanouir dans son odeur, m'en couvrir et tout oublier. Mais ça me rappelait Emma et c'était pas le moment... J'ai défait l'étau de mes bras, lui ai renouvelé mes vœux de réussite pour son direct et suis retourné à « La Baleine ». Je suis tombé sur Richard qui parlait tout seul avec Moïse. Je leur ai dit de me rejoindre devant l'entrée, du coup.

Si jamais on laissait les voitures rentrer dans le camp, c'était la fin. Sandpiper allait tourner au parking de centre commercial et on était cuits. Fallait les maintenir autant que possible le plus loin de nous, et faire en sorte que les gens terminent leur chemin à pied. Deux routes menaient au camp. Fallait en boucher une et mettre une barrière sur l'autre. Ne rentreraient que les cas soumis à une autorisation super-spéciale : la mienne.

J'ai laissé Moïse et Richard barricader ce qui pouvait encore l'être. Je suis revenu à « La Baleine », j'avais une furieuse envie de boire un godet, voire deux, et surtout d'être peinard. Le direct de Rebecca, je ne le sentais pas du tout. Si l'audimat était bon, ça allait donner des idées à des copains à elle, et bientôt ici, ce serait la finale du Superbowl. Il y allait avoir des hordes de journaleux, des cohortes de touristes, des meutes de vendeurs de frites, donuts ou autres cochonneries.

Dans quelques semaines des filles de l'Europe de l'Est, attirées par la foule et la proximité de lits pas chers, viendraient tapiner devant l'entrée. Ça tournerait au bordel géant, au clandé maousse, j'allais être accusé d'être le plus gros maquereau des USA, et j'allais gagner un aller simple direction Guantanamo. Après Dreyfus et après Papillon, sur la liste du bagne, y avait mézigue.

Et puis au milieu de toute cette pagaille, j'ai eu un flash. Et pas un petit. La réalité s'est approchée de moi. Elle m'a tapé sur l'épaule et m'a fait prendre conscience que le provisoire allait s'installer : à cause de l'Allemand et de toute cette agitation, à cause de moi et à cause d'elle, Emma ne reviendrait jamais.

Pan. Dans ma gueule.

Je l'avais perdue.

Souvent dans les ruptures, c'est pas le souvenir de ce qu'on a fait ensemble qui fait mal, mais la somme des projets qu'on ne réalisera pas en commun. Dans le cas présent, comme l'histoire était tuée dans l'œuf, la liste était pas fameuse : à l'horizon, pas de maisons, pas de voyages, pas d'enfants, rien…

Mon moral dévalait une pente dangereusement mélodramatique. Je me savais condamné à errer dans les limbes de l'enfer. Et l'enfer c'était ici. Je me suis servi une canette pour aller la boire dans les chiottes. Là, j'étais à peu près sûr de ne pas être dérangé. Je me suis assis sur le trône. Le direct débutait dans trente minutes. Le compte à rebours venait de commencer. Dans 1 800 secondes le n'importe quoi surmonté depuis mon arrivée allait me sembler aussi doux qu'un édredon. Dans 1 800 secondes, c'était parti. « Faites vos jeux messieurs-dames. Rien ne va plus. »

J'aurais pu me barrer. Planter tout le monde. Oublier ce camp débile empli jusqu'à la gueule de dégénérés dont j'ignorais l'existence il y a encore une semaine. Reprendre mes trois frusques dans « Bernique » et fuir. J'aurais pu, j'aurais dû, et je ne le faisais pas. Quelque chose m'agrippait ici. Je ne sais pas quoi. Ou je le savais trop bien : l'espoir qu'elle revienne, et que tout redémarre.

Mon cul, oui…

Je suis sorti des gogues pour aller chercher des réponses dans une autre bière. Comme c'est pas les questions qui manquaient, j'en ai pris deux finalement, puis suis retourné à mon fauteuil de départ, une clope au bec.

J'ai croisé Richard.

— Quand tu vas aux chiottes maintenant, tu prends des bières, toi ?
— Oui. J'ai besoin de boire un coup dans un endroit serein, et j'ai trouvé que là pour me planquer.
— Je peux venir ?
— Si tu veux.

Richard est allé se ravitailler. Dans la partie réservée aux hommes, il a pris la porte de gauche, moi celle de droite. Il y avait un espace entre le sol et la cloison, et entre la cloison et le plafond. Chacun dans notre box, on a entamé une parlante.

— Ça va, toi ?
— Pas trop. Pas du tout en fait.
— Emma ?
— Emma.
— J'ai pensé à un truc. Ça va te souffler.
— On prend les paris ?
— T'es infect… Mais bon… Il va passer du monde ici, et on a pas fini de se faire écraser les pinceaux par les téloches. Lard ou cochon ?

Depuis qu'il s'était mis à parler frénétiquement, il avait voulu marquer l'événement par une touche personnelle : au lieu de « oui ou non », il disait « lard ou cochon »…

Fallait vivre avec.

— Lard.
— Les télés, elles vont mettre où leur QG ?
— Leur QG ?
— Leurs ordis, leurs prises de téléphone, leurs conneries, leur point de rendez-vous ? À priori ici, lard ou cochon ?
— À priori, lard… Écoute, Richard, je suis venu là pour être peinard, pas pour que tu me les râpes avec tes histoires.

— T'es odieux, mais je continue… Je me disais juste qu'on pouvait changer le nom de « La Baleine », en quelque chose qui pourrait mieux servir tes intérêts. Point. Si t'as pas d'intérêt pour tes intérêts, je ne peux rien faire.

— Dis toujours.

— À la télé, à la fin des reportages, les types disent toujours où ils sont. Tout le monde s'en branle, mais eux, ils y croient mordicus. Un mec a dû commencer à faire ça il y a cinquante ans et depuis tout le monde s'y colle. En gros dans quelques jours ça va être : « … C'était Brad Machin, pour Plouc TV, en direct de "La Baleine" à Sandpiper. » Change juste « La Baleine » par autre chose. Autre chose qui te serve, comme par exemple « Emma reviens », et imagine la force du truc…

— …

— Dix télés, et peut-être pas forcément qu'américaines, mais peut-être des allemandes, des anglaises, des françaises… ferme les yeux et imagine-le, le truc.

— T'as raison, Richard. Richard, t'as méchamment raison.

Je suis sorti et j'ai attendu Richard devant sa porte en pensant à son truc. C'était diabolique. Je l'aurais bien fait pisser dans une pipette. Aujourd'hui entre ça et le maire allumé par Rebecca, il avait la forme, mon poulain. Il aurait mis trois minutes à Armstrong dans l'Alpe-d'Huez. C'en était louche…

« Emma revient »… Ça m'évoquait vaguement un truc. Il me semblait en avoir déjà entendu parler, mais je savais plus où…

Par-dessus la porte, je lui ai dit :

— C'est génial ton idée. T'as la pêche aujourd'hui, mon salop.

— Pas à se plaindre.

— Tu fais quoi, là ? On y va ?

— Je termine. Deux secondes.

J'ai entendu un bruit de papier qu'on frotte, qu'on froisse et qu'on fusille. Le bruit d'un falzar qu'on remonte et d'une ceinture qu'on ajuste. Une chasse d'eau s'est mise à chanter *The River of No Return*. J'en revenais pas. Le malhonnête. Il m'avait parlé en démoulant et en chiquant une bibine. Quand il est sorti, j'ai rien dit mais des fois, faut quand même avoir le cœur sacrément accroché.

On est partis devant la façade du troquet. On a pris un stylo, fait un croquis, et tenté de voir la gueule que ça aurait si on changeait de nom. On était pas d'équerre sur l'accord de « reviens ». On pouvait le mettre au choix à l'impératif, ou à la troisième personne du singulier, et ce genre de dilemme, ça fait bien frétiller les synapses.

« Emma revient » : il y a un côté descriptif sympa. Bon, ça pète pas des briques, mais c'est clair, et ça la brusquerait pas. J'étais pour.

« Emma, reviens », ça faisait ordre. C'est le problème majeur de l'impératif et c'est indécent. Tant qu'à être pète-sec, on pouvait rebaptiser le bar en « Tu vas rappliquer ton boule, oui, morue !!! », c'était pareil… Ça n'allait pas du tout. Richard était pour. Moi contre, et de loin. Je lui ai dit que ce serait « Emma revient » et pas autre chose. Même si c'était mal barré, maritalement parlant, Emma restait ma femme, et en tant que légitime, ma voix comptait double.

À changement de nom, changement de façade ; il fallait trouver quelqu'un pour peindre la nouvelle devanture. Richard m'a dit que l'épicerie de la dame allemande en avait une épatante. Super-bien faite, peinte à la main, avec des motifs et tout.

— Elle sait tout faire de ses mains cette dame allemande, dis donc.
— Commence pas…
— Je dis ça parce que c'est une perle. Il y a des huîtres perlières en Bavière ?
— Tu me déçois beaucoup, tu sais…

J'avais un goût prononcé pour l'humour à répétition depuis tout gamin. Là, avec l'épicière, j'avais trouvé un sacré filon pour vanner Richard. Tous les deux, on est allés la rejoindre dans le bar. Autour d'une table dans un coin, elle parlait avec les mômes. Elle commençait à leur apprendre les rudiments d'américain. En nous voyant arriver, elle a murmuré un truc à Requin et Marteau. Ils étaient pas super-sûrs d'eux mais ils se sont lancés :

Requin a dit « Bichour les anis », et Marteau, « Bijour les copas ». On a pas pigé de suite, mais on a tapé dans nos mains en disant bravo. On sentait que c'était le truc à faire dans un moment pareil. Il était louable de saluer comme il se doit les efforts de paix et de conciliation entre des peuples si souvent séparés par l'Histoire.

Ils étaient tout heureux les jumeaux. Du coup, ils se sont levés en sautillant, direction le pélican, qui pionçait peinard, comme d'hab', sur un canapé près de la fresque. Requin l'a réveillé à coups de saton, Marteau à coups de poing. L'éveil intellectuel et la perte de cruauté n'ont pas de corollaire immédiat. C'est bien dommage.

On a parlé de notre histoire de nom de troquet à la sympathique commerçante qui couvait les enfants. Elle a dit qu'elle les couchait après le journal télévisé et qu'elle réfléchissait à notre problème. Fallait s'attendre à une typo gothique, mais bon, on n'en était plus à s'attarder sur ce genre de détail.

L'heure du direct approchait, et au sein de l'équipe, on se devait de faire corps. Dans le bar fermé, j'ai rassemblé tout le monde : Charcot, Moïse, Darius, Maman, Richard, les mômes et la commerçante. Henry dormait sur la jetée. On l'a pas réveillé. On s'est installés en demi-cercle autour de la télé. Darius s'essuyait le front avec un torchon. La chaleur, Darius, c'était pas du tout son truc. Par temps chaud et sec, il était gaillard comme un hippopotame sans flaque de boue. Je buvais bière sur bière. Richard et Moïse aussi. Ça clopait à tour de bras. On s'était branchés à TV1 avant le début du JT. On a encaissé sans broncher toute une tripotée de programmes lénifiants. C'est le genre de trucs que tu ne peux pas te permettre de faire à jeun. Tu risques la rupture d'anévrisme ou la crise d'épilepsie, c'est selon ton degré de fatigue, et moi j'étais violemment crevé.

On a eu le droit dans l'ordre à : de la pub, du télé-achat pour vendre des attendrisseurs à viande, de la pub, de l'autopromo pour les programmes du matin, du midi et du soir, notamment un nouveau concept très chouette où des employés devaient choisir parmi eux celle ou celui qui allait être viré pour le bien de l'entre-prise, puis de la pub, un générique de JT, un rappel de téléachat, de la pub, et le début du JT.

J'étais fier de mon équipe : pas un n'avait dérouillé la télé à coups de latte. Pas le moindre crachat, pas de jet de canettes. Bien, les gars, bien. Sobre. Digne.

En Afrique, cet octobre-là, c'était pas la fête. Ça crevait sec. La bouche bien ouverte sans que quiconque ne sourcille. Au Moyen-Orient, ça allait couci-couça aussi. Pas plus mal que les autres jours. Pas mieux non plus. Un attentat à la voiture piégée toutes les deux heures, y a quand même pas de quoi sortir les cotillons. Une tornade avait ravagé les trois quarts d'une île asia-tique, et depuis, là-bas, le choléra menaçait, dans une ambiance où la joie le disputait à la déconnade la plus franche. Le cours du dollar dégringolait, celui du pétrole, pas.

De tout ça, rien à foutre, ils ont ouvert avec nous.

Le reportage débutait par un gros plan sur la pancarte de l'entrée. Celle avec les palmiers et le pélican mal faits dessus. La caméra avançait jusqu'à la dune pour découvrir le motif de tout ce bordel : l'Allemand sur fond de mer, marchant dans le sable sous l'œil torve d'une bonne centaine de personnes. Rebecca apparaissait au premier plan, et enchaînait sur son speech :

« Le monde vacille et tremble, mais ici à Sandpiper, personne ne s'en préoccupe.

Depuis six jours, un homme d'origine allemande tourne inlassablement en rond, décrivant sur le sable le circuit fermé de ses rêves déçus. Une rupture serait à l'origine de cette boucle. Sans nouvelles de sa femme, partie au bras d'un autre, il semble s'être promis de tourner ainsi jusqu'à ce qu'elle revienne. Il marche tant que ses forces le portent, sous le regard de ses enfants.

Zoom arrière. Buste de Rebecca, puis visage serré. Yeux. Nez. Bouche. Main. Micro. Plein cadre.

Fascinée par cette course, une petite foule, compacte et silencieuse, se masse sur la pente de la dune lui faisant face. Le nombre des curieux augmente d'heure en heure, ils étaient dix ce matin, cent ce soir... Combien demain ?

Figures de gens. Un vieux. Un minot. Une vieille. Soda. Couple. Bouteille d'eau. Panoramique foule. Bambin.

Quand le sommeil le terrasse, l'homme s'écroule sur le sable. Il s'offre un répit de quelques heures avant de reprendre sa marche à l'endroit où elle avait cessé. Cette situation crée un début de confusion. Comment gérer l'afflux de personnes ? Doit-on arrêter cette mascarade ? Que fait la mère des enfants ?

Soleil. Contre-jour. Rouleau. Sable. Vague. Écume. Sourire de môme.

Autant de questions en suspens…

Zoom sur Rebecca.

De plan américain à gros plan.

C'était Rebecca Baray en direct de la plage de Sand-piper, où quelques bénévoles gèrent une situation critique sans le moindre soutien des autorités compétentes. »

Caméra épaule.

De Rebecca à la foule.

Fin du reportage.

Ma tête s'est mise à tourner.
Les lumières se sont éteintes.
Le noir.
Le vide.
La chute.
Un champ de coton. Le silence.

Chut…

Ventricule gauche

*Je m'y plais bien, moi, dans le ventricule d'Emma...
L'air y est doux, la lumière tamisée... Je m'y suis fait
installer un écran géant connecté en direct à ses yeux.
Je vois ce qu'elle fait... Son reflet dans le miroir. Son
visage de madone au réveil... Et ça, c'est bien aussi...
Parce que son visage, c'est bien à chaque fois. C'est
ça, bien à chaque fois.*

*Parce que ses yeux mouillés, le matin quand elle se
lève, c'est vachement bien. Et quand elle sort de la
douche aussi. Et quand elle foire son premier café
aussi. Trop allongé. Pas de goût. Arabica brûlé. Et
quand elle parle pour la première fois aussi. Elle dit
« savon », ou « sucre ». Des fois elle dit « Je veux pas y
aller ». Alors je la suis et je sais pas où elle va. Je me
perds en elle aussi. Et quand elle arrange ses cheveux
aussi. Son brossage de quenottes aussi.*

Aussi...

Rien qu'elle...

Tout le temps en direct sur une chaîne rien qu'à moi.

Sans la freiner.

Sans l'abrutir.

Elle et elle seule.

Mais aussi...

*Quand ses paupières se ferment, je tapote douce-
ment mes percus. Le son est ouaté, on perçoit un léger
tatapoum qui dit que son esprit est apaisé, qui dit
qu'elle est heureuse et que je suis bien... Des fois, je me
glisse sans forcer de ses cordes sensibles vers son
entrecuisse, et là, juste là, je joue des tablas sur son
point G. Ça me plaît. Ça lui plaît aussi... Elle soupire
doucement et le tatapoum s'accélère. Des fois elle
soupire un peu fort, et puis des fois elle pleure. Tout ça
est très réussi.*

Ma vie bat son plein.

Merci pour elle.

*Un jour, j'ai commencé à entendre un barouf du
tonnerre dans le ventricule d'à côté. J'ai trouvé ça
bizarre ; on aurait dit un troupeau d'éléphants aména-
geant dans une chambre de bonne. Son cœur n'était
plus qu'à moi. OK. J'allais devoir le partager avec
quelqu'un. Soit... Mais qui c'était ce con ?*

God damned it. Je me réveille...

Garden-party chez les Vikings

Vous avez commencé à boire pour aller vers l'amour. L'alcool vous en a éloigné davantage et a fini par le remplacer.
Pierre Mérot, *Mammifères*

J'étais tombé dans les pommes. Trop de stress en trop peu de temps. Trop peu de sommeil pour beaucoup trop d'alcool. Trop d'espoirs portés sur une fée évanouie. Trop de tout et plus assez d'elle.

J'étais dans une pièce qui ne m'était pas familière. Les volets étaient fermés. J'ignorais tout de l'heure, et de la raison qui m'avait poussé à me retrouver ici. J'ai ouvert la fenêtre et me suis retrouvé nez à nez avec la dame allemande qui, juchée sur un escabeau, exécutait une enseigne du plus bel effet. Derrière elle, dans l'allée centrale, c'était un défilé ininterrompu de nouveaux arrivants… Le JT de Rebecca avait eu l'impact redouté.

— Vous allez mieux ?

— Je sais pas… J'ai les jambes en coton. J'ai faim aussi… Quelle heure est-il ?

— Il est 8 heures, ça fait onze heures que vous dormez. Vous êtes tombé de votre chaise. Vous avez dû faire un malaise. Vous devriez relativiser un peu, vous savez. Maintenant que voulez-vous faire ? Rien… Ils arrivent par centaines. Il faut laisser couler… Vous ne pouvez pas l'empêcher de tourner quand même ?

— Tous les gens, là, ça a commencé après le reportage ?

— Oui. Dix minutes après la fin. À peine plus. Richard et Moïse ont géré tout ça pendant que je vous couchais.

— Pas trop de grabuge ?

— Non, les gens sont calmes, et les jumeaux collent une équipe de TV berlinoise depuis qu'elle est arrivée. Le perchman a reçu un coup de pied dans le genou et depuis il boite, mais bon, ils sont heureux comme tout de réentendre parler allemand. C'est bien là le principal, non ? C'est attendrissant. Sinon, Moïse a dû rouvrir le camping en pleine nuit. Il y a déjà une trentaine de tentes et deux ou trois camping-cars. Richard s'occupe de la cuisine. Ce midi, c'est fajitas, et plancha de calamars. Ça sent déjà sacrément bon.

On papotait comme ça en bonne intelligence, l'air de rien, elle, sur son escabeau à quatre mètres du sol, le pinceau tendu dans sa mimine, moi, en calbute à la fenêtre. De l'extérieur, la scène pouvait prêter à rire. Elle a repris :

— Il y a un monsieur qui est là aussi. Pour de la bière, du vin et je ne sais pas quoi d'autre.

— Ah oui, c'est vrai. Je l'avais oublié, lui… Manquait plus que ça.

Elle a vu que j'avais l'air soucieux, elle m'a dit dans un sourire :

— On respire. On se calme. Il a l'air gentil.

— OK merci… je suis un peu à cran, pardon… Je m'habille et je m'occupe de lui.

J'ai refermé la fenêtre après l'avoir remerciée pour tout. Moïse avait déposé le *Sandpiper News* sur ma table de nuit. Ça titrait : « Début de crise à Emma revient ». Curieusement, le plan de Richard marchait.

En une, le jour agonisait au cœur d'un ciel menaçant, torturé et baroque comme dans un tableau de Munch. On y devinait Zeus et Jupiter gravement en boule, prêts à en découdre à coups de cataclysmes. Sous le ciel, on voyait une assemblée de gens immobiles, semblables à des statues de sel qui attendent que la pluie tombe. En premier plan, se découpait le visage de l'Allemand, écroulé dans le sable, les yeux mi-clos, les cheveux amidonnés par le sel et la mine apathique… Chaque pixel de l'image suintait le drame et disait la tension qui régnait ici.

La nana de Charcot n'avait aucune finesse. C'était une chose entendue. Elle faisait tout à outrance. Dans ses textes, elle forçait le trait comme une débile. Elle dépeignait de nouveau l'Allemand comme une évidente réincarnation de Sisyphe. Elle insistait bien bien dessus. C'était pénible. Dans son délire,

Sandpiper devenait un possible laboratoire du désenchantement contemporain.

Pas moins.

En texte, donc, c'était trop, mais en photo c'était parfait. Le côté expressionniste de l'ensemble fonctionnait. Et puis dans son papelard, elle mettait une couche sur la municipalité. Le maire en prenait pour son grade. Elle était à deux doigts de le comparer à Ted Bundy, à Jeffrey Dahmer ou à John Wayne Gacy. Là encore, c'était trop, mais pour le coup, ça me la rendait presque sympathique, la bougresse...

Je suis descendu dans le bar. C'était blindé, mais Darius et Maman assuraient. Ils ont pris de mes nouvelles, je leur en ai donné. Ils s'étaient inquiétés. Je suis allé voir Richard en cuisine. Il s'était fait un sérieux mouron aussi. Depuis quand les gens s'inquiétaient-ils pour moi ? C'était assez récent, je n'en avais pas encore pris l'habitude. Peut-être qu'il y a peu, je me foutais tellement de leur avis que je ne remarquais pas leur sollicitude.

Peut-être...

— Alors, toi, mieux ?
— Oui. Désolé, je vous ai laissés en plan hier soir. Merci de vous être occupé de moi. T'es un frangin.
— T'aurais fait pareil. Lard ou cochon ?
— Lard, Richard. Lard... Ça sent bon ici. Rebecca est toujours dans le coin ?

— Oui mais maintenant il y a trois autres équipes TV. On les a rangées dans les bungalows encore dispo… Faudra que les prochaines se démerdent, il n'y a plus un lit de libre. Tiens, au fait, on a une équipe de télévision allemande qui est là aussi. Je te raconte pas comment les deux gamins sont contents.

— Eh ben putain… Ça en fait des nouvelles, j'ai l'impression d'avoir dormi deux ans… Il paraît qu'il est dans le coin le marchand de jaja ?

— C'est celui avec la veste en velours. Le gars qui boit un café, là, au bar…

Je me suis dirigé vers lui. Je me suis présenté. Il a fait de même. « Jack O'Ryan », il a dit… Une fois, dans une pub qui mettait en garde contre les dangers de l'obésité, j'avais vu un homme plus gros que lui, mais dans la vraie vie, jamais. Même Darius à côté passait pour un gymnaste roumain. Jack était roux, ses yeux étaient verts. Il portait un bouc taillé avec minutie. Il devait être suicidaire. Avec son poids et par cette chaleur, une veste en velours, c'était une déclaration de guerre lancée à son espérance de vie.

On s'est dit bonjour et on est convenus assez vite de sortir une grande table dehors et de commencer une dégustation au plus vite. On a dégotté une dizaine de verres et une bassine pleine de flotte pour les rincer. J'ai prévenu la troupe de copains. On méritait bien un peu de détente. Jack est allé chercher des munitions dans le cul de la camionnette. Je me suis assis en face de lui, j'avais pris un papier et un crayon pour la commande.

— J'ai entendu dire que vous aviez des problèmes de bière ?

— Pas DES problèmes, j'ai dit, UN problème ! Ça peut plus durer. Rien que d'y repenser, j'ai des aigreurs d'estomac. C'est un poison.

— Goûtez ça.

Il a ouvert une glacière bleue et sorti des canettes qu'il a distribuées à la volée. On a tous goûté, et puis juste après, on a bien fermé nos gueules. Prétendre qu'elle était pas épatante était aussi vain que d'essayer de démontrer que 2 et 2 font 5. C'était ça, la bière, alors ? Ce qu'on appelle « bière », c'est ce truc-là ? Ah, bon… J'avais bu quoi, moi alors pendant toutes ces années ? Quel gâchis… Des hectolitres perdus, des centaines de tournées, des dizaines de cuites exécutées sans panache et en amateur avec des outils de merde. Mon verre vide avait un parfum de paradis et de miel d'acacia. Voilà, c'est ça, de miel d'acacia…

— Alors ?

— C'est impressionnant.

— Oui, disons que, pour une entrée de gamme, c'est pas mal… Je vais chercher le niveau supérieur, vous n'allez pas être déçus.

On a fini la première. Perso, j'en ai pas laissé une goutte. J'ai regardé Richard, il tournait sa bouteille vide dans tous les sens. Il devait vérifier s'il n'était pas écrit « larmes d'angelot » quelque part, ou un truc mystique dans le genre… Il m'a dit :

— La vache… On va en prendre des cartons, hein ? Lard ou cochon ?

— 110 % lard, mon pote. Elle a pas un goût de miel d'acacia ?

— Si, et de lait aussi…

Le coup du lait, j'avais pas vu… Jack est revenu de sa voiture avec une glacière rouge.

Il a repayé une générale. On a goûté… Et ben mon vieux… pfff… En termes de classe, disons, pour comparer, que si la première c'est Sinatra, la deuxième c'est Sinatra filmé par Cassavetes. C'est inatteignable. C'est une bière qui épuise les superlatifs. Richard s'était carrément levé. Il m'a dit en tendant son bras droit et en martelant son cœur du poing gauche :

— C'est moi qui déraille, ou elle est encore meilleure que la première ?

— Ben, écoute, aussi étonnant que ça puisse paraître, j'en ai bien l'impression. Elle a pas un goût de melon ?

— Peut-être un peu… Et de lait aussi.

Richard, des fois, il bloquait sur une sensation, et là, c'était le cas. Aujourd'hui tout serait « lait ». La vie serait « lait », la bière, le vin, moi et les autres, tous autant qu'on était, on lui rappellerait des produits laitiers. C'était comme ça.

Jack sentait que ça mordait.

— Ça vous plaît pas ?

— Pardon ? Mais c'est dingue, oui. C'est quoi ?

— Peux pas dire. J'ai promis.

— S'il vous plaît. Allez, pas de ça entre nous, hein !

133

— Bon, parce que c'est vous, je vous le balance. Mais jurez que ça ne sortira pas d'ici.

— Parole.

— Bon, ça vient de Pennsylvanie. C'est fait par des quakers.

— C'est pas vrai ? Mais entre les quakers et l'alcool, il y a pas bisbilles ?

— Ben si, c'est complètement interdit par leur religion. Alors y a pas d'étiquette, pas de nom, tout ça... Elle est complètement anonyme cette bière. Elle tombe du ciel, voyez-vous. Elle devrait même pas exister, mais j'ai jamais goûté meilleur. Vous comprenez ça ?

— Ben non... On va en prendre.

— J'en ai pas beaucoup. Si Dieu apprend ça, ils se font éjecter de leur turbin, alors ils en sont pas encore à élaborer les plans de leurs usines. Pas besoin de faire un dessin, vous me suivez ?

— Très bien... Dans ce cas-là, je prends votre stock...

— De la première ou de la seconde ?

— Des deux.

— Vous commencez à me plaire, vous.

— Vous avez du vin ?

— Oui mais malheureusement, il est exceptionnel...

— On peut tenter de vous contredire ?

Il est retourné à sa bagnole. Il est revenu avec une glacière verte. Après la bleue et la rouge, c'était marrant, il devait en faire collection. Il a sorti une bouteille de blanc. Je l'ai regardé remplir généreusement mon verre.

— Putain, c'est bon, j'ai dit.

— C'est quoi ?

— Sauvignon… NAPA Valley… Ils me font marrer les Français…

— Ah ?

— Avec leur art du pinard, leur savoir-vivre, et leurs bonnes manières… On fait chez nous ce qu'ils ne savent plus faire chez eux et ça les rend bougons. Il est pas bon mon vin, peut-être ?

Après le premier vin blanc, on en a goûté un deuxième, et puis après le deuxième, un troisième. Ils étaient aussi bons les uns que les autres. Richard menaçait de devenir docteur *honoris causa* du syndicat laitier ouest-américain et il y trouvait des arômes de cheddar, de yaourt… Ça commençait à s'agiter pas mal autour de la table… Les gens s'embarrassaient plus de wachi-wacha. Ça se servait goulûment. Les verres étaient jamais vides et on parlait de plus en plus fort, en faisant des gestes de plus en plus amples.

Je venais à peine de sortir du coaltar, il n'aurait pas fallu me pousser beaucoup pour que j'y replonge… Dans un monde bio, j'aurais pris un peu soin de moi. J'aurais surveillé mon taux en lipides et en glucides. Mater du coin de l'œil mon apport protidique et mon cholestérol. J'aurais surveillé à la loupe ma créatinine, mon acide urique, mes transaminases, mes gamma GT… Je me serais méfié. J'aurais vécu avec la trouille du coup de pompe. Tout ça pour ne plus jamais retomber la tête la première dans les vapes comme hier. Pour préserver un peu de dignité et afficher une force que je n'avais pas.

Là, je m'en foutais.

On a sorti de quoi becter un bout. On partait battus : on éponge pas la mousson avec du pain sec. Après le blanc, et en toute logique, Jack a rincé mon verre et a sorti le rouge. Il était à tomber et titrait ses 13°. C'était issu d'un flacon qui plaisantait pas. On en a vidé un gorgeon, puis d'autres. Un paquet d'autres…

J'ai demandé à Richard :
— Il a pas un goût de cassis, ce vin ?
— Si, et de beurre aussi.

Il était tellement prévisible mon copain, que ça en devenait rassurant.

Autour de la table, les heures défilaient, et avec elles, l'espoir de rester lucide. Au fond des verres, au milieu des clapotis, quelques sirènes chantaient. Elles m'incitaient à m'avancer encore plus loin dans l'ivresse. Elles tentaient de me persuader qu'en nageant, j'atteindrais une île. Une île loin d'ici. Une île où Emma m'attendrait, où la vie commencerait enfin, calme et légère, comme dans les rêves que j'avais ébauchés avant de poser les panards dans ce trou à rats. Au bout du dixième verre, je nageais en crabe, et je pensais juste à boire la tasse. J'étais plein. Plein à ras bord. Jack était l'heureux propriétaire d'un gosier au design inspiré par le tonneau des Danaïdes, et ça le rendait imbourrable. C'était là un avantage considérable dans son corps de métier.

Lui et moi, on a fait copains et on s'est mis à se raconter nos histoires. Sa vie sentimentale, c'était le désert de Gobi, et son boulot, à peu près tout ce qu'il avait. Il ouvrait des bouteilles à une cadence métronomique, ça aidait à la confidence. Je lui ai parlé d'Emma. Il avait l'air perplexe. Autant en vin il aurait pu m'aider, mais Emma, c'était au-delà de ses compétences, loin, bien loin, d'un quelconque problème de tanin, de mildiou, ou d'une mauvaise fermentation. Non là, c'était une nana, et d'une espèce qui lui était inconnue : elle ne pratiquait pas l'amour tarifé.

En filles de joie, il me confiait qu'il aurait pu me renseigner. Selon les couleurs de peau, l'expérience, l'âge, les propriétaires de cheptel, les régions d'abattage, on obtenait des résultats différents. Entre deux bouteilles, Jack affirmait que toutes les formes d'ivresse se valaient, qu'elles soient d'ordre alcoolique ou sexuel, tout était dans la capacité à s'abandonner au plaisir.

Autour de la table, la sauce prenait, on était une bonne douzaine, maintenant, et il faisait plus si jour que ça… Henry nous avait rejoints et picolait en silence, à moitié à poil, adossé contre le mur du bar.

À un moment, je sais pas quelle mouche m'a piqué mais j'ai éprouvé le besoin impérieux de porter un toast. Je me suis mis debout tant bien que mal, et j'ai harangué mes copains en tendant mon verre :

— À la santé de Papa Schultz !

C'est pas facile de dire « Schultz », bourré comme une cantine, avec une langue de quinze kilos dans la bouche. Tout le monde a repris en chœur, pourtant… Quitte à être debout et après la peine que ça m'avait demandé, j'ai enchaîné. Perdu pour perdu, j'ai pris un élan dingue, et je me suis lancé dans une action indéfendable… Misère… Le visage arborant une complexion assez proche du magenta le plus primaire, les veines du cou tendues à mort, j'ai hurlé le poing dressé :

— SANDPIIIPPPER !!!
Les gens autour ont gueulé :
— Ouaiiiiiiiiiiiiiiiiiiiiiis !!!
Ça marchait. J'ai remis la gomme :
— SAANDD ?!??? SAAANDPIIIPPPER !!!
— Ouuuuuuuuuuuuuuuaaaaaaaaaaaaaaaiiiiiiiiiiiiiiiiiiiiiis !!!
Merde, alors !
— Pour Papa Schultz, Hiphiphip ?
— HourrrrrrrraaaaaaAaaaa !
— Hiphiphip ?!???
— HOURRRRRRRRRRRAAAAAAAAAAAAA !
Vache ! Ça m'a mis une méchante torgnole. On était tous un peu sonné d'avoir beuglé comme ça. On s'était étonnés nous-mêmes, et après le cri, il y a eu un silence assez pesant. On se regardait pas trop, bien conscients d'avoir perdu les pédales. Ça s'est assez vite dissipé, mais ce petit moment en disait gros sur l'emprise que j'avais désormais sur notre microsociété. D'un coup, je disais et on faisait. Je devenais le métronome de toutes leurs arythmies :

Dur quand mou.
Gai quand triste.
Beau quand moche.
Une vie entière dédiée à la plaque et à son côté.
Pas penser.
Pas dire.
Hurler au signal.
Crouler.
Éviter de trop tomber.
Choir pourtant.
S'y faire…

J'ai suggéré de nous saisir de quelques bouteilles pour aller les siffler du côté de la dune, l'approbation fut générale.

Je souffrais d'une paraplégie incurable du myocarde. Les autres m'insupportaient. Une nana, un pote, un point de chute. À défaut un pote et un point de chute. Au pire, un pote. J'en demandais pas plus. Alors m'occuper de la meute et tenter de prendre sa tête, non. Ne pas suivre. Ne pas guider. Surtout ne faire partie d'aucun cercle… Désormais c'était autre chose. Ils étaient au moins aussi paumés que moi, et je ne songeais qu'à meubler mon attente. Ils faisaient tous des pièces de mobilier acceptables.

On est parti en file indienne. Celle-ci semblait se mouvoir à la façon d'un lombric. À grands coups de cahin, de caha, par la force d'une titubation collective et raisonnée, nous avancions vers notre but : le Fridolin.

Là-haut, j'ai eu un peu le vertige : à vue de nez, il y avait plus d'un millier de spectateurs désormais. Ils étaient installés sur la dune bien sûr, mais pas que. Sur l'embarcadère, et tout autour de l'Allemand aussi. Au loin, un ou deux voiliers avaient posé un corps mort, et mouillaient à distance de la populace.

Un silence respectueux, perturbé uniquement par le bruit des rouleaux mourant sur le sable, enveloppait ce petit monde. Le soleil dégringolait sur une mer d'huile, et au loin JFK tournoyait dans le ciel. Autant à terre ce pélican avait l'air d'une bouse, que dans les airs, moins. C'était la première fois que je le voyais voler et il était même assez gracieux pour tout dire. Il décrivait des cercles autour de la foule, et devait se demander ce qui justifiait une animation pareille. Les quatre équipes de télé se partageaient le périmètre. Droit d'aînesse oblige, Rebecca tenait la meilleure place. Comme le bon toutou à sa mémère que j'étais devenu, je me suis approché d'elle, et sans rien voir venir, je me suis retrouvé avec une caméra sous le pif, à répondre à ses questions. Je devais avoir l'air d'un lapin pris dans les phares d'un Hummer. Elle m'a libéré assez vite, en me disant « À tout à l'heure peut-être ».

J'ai rejoint mes comparses et on s'est assis sur la plage. Le négociant en picole a fait son office, et fait voler quelques bouchons. Une fois assurés que rien ni personne ne viendrait nous emmerder, on a repris notre cuite à l'endroit exact où nous l'avions laissée.

En sirotant un pinot, j'ai regardé autour de moi. Personne, parmi les centaines présentes, ne semblait étonné de trouver ici ce qu'il cherchait, à savoir, une réponse concrète à la question : « Comment mourir quand on aime à en crever ? »

J'ai maté une petite bande de babas cool post-atomiques qui faisait cercle un peu à l'écart de la masse. Ils avaient investi le camping. Leur moyenne d'âge frôlait la vingtaine. Ils portaient des cheveux amalgamés en mèches salaces. Ça me faisait penser aux racines d'une plante attendant d'être rempotée. Ils étaient vêtus de shorts kaki, de tee-shirts sales, et portaient au choix casquette ou turban. Ils étaient unanimement piercés de la tête aux pieds. Trois clébards faméliques leur filaient le train. On a les pélicans qu'on peut.

Eux, dans l'Allemand, ils voyaient la Liberté. Ça, ça les branchait à mort, c'était le climax de la coolitude. Ce type faisait ce qu'il voulait, et il le ferait jusqu'au bout. Ils feraient pareil, du moins jusqu'à nouvel ordre.

Un peu en marge, deux ados de la bande roucoulaient, comme roucoulent les pigeons aux abords des containers à poubelles. La fille était splendide. Nettoyée au karcher sable, puis dératisée, elle aurait fait une candidate supercrédible au concours de Miss Camping. Malgré ses vêtements trop amples, on devinait la souplesse de son corps de vingt ans. Son amoureux était sculptural, il avait les traits fins, la peau de son torse était hâlée, et chacun de ses muscles était dessiné au laser.

Ils étaient beaux. Incroyablement beaux.

Ils s'embrassaient un peu, se caressaient du bout des yeux, mais pas que. Le garçon glissait sa main sous le tee-shirt de la fille, qui s'évaporait alors dans un baiser. Ils s'allongeaient dans le sable et mélangeaient au mieux leurs deux peaux. Puis ils s'asseyaient en tailleur, le visage de l'un contre l'épaule de l'autre. Ils se caressaient le dos… Ça avait un goût d'innocence, c'était pur et ça donnait envie.

Autour de moi, ça pipait plus un mot. Moïse et Henry pionçaient l'un contre l'autre. Charcot était encore à peu près vaillant, mais ça se jouait à peu de chose. Jack ouvrait des boutanches…

Le couple s'est levé, puis en se tenant main dans la main, s'est éloigné de la foule. J'ai dit à Charcot que j'allais faire un tour et que je revenais… Il a opiné du chef avec la conviction tiède d'un mec bourré. Le couple a glissé du sommet de la dune vers les bosquets de tamaris qui poussaient en grappes éparses derrière les bungalows. Je les ai suivis, d'abord du regard, puis j'ai marché à distance raisonnable derrière eux. Ils ont longé les dunes pour être tranquilles. Je les ai vus s'allonger et se déshabiller en douceur. Les deux silhouettes se sont confondues. Le visage du garçon se perdait entre les cuisses de la fille. Des soupirs et des mots tendres me parvenaient par bribes.

Je me souvenais des murmures d'Emma quand nous nous aimions, et des décharges électriques qui sillonnaient mes membres lorsqu'elle jouissait, quand ses muscles se crispaient contre les miens, quand ses ongles écrivaient sur ma peau un journal intime qu'elle serait la seule à lire. J'ai repensé à l'émotion qui m'avait flingué la première nuit passée ensemble. J'ai mesuré à quel point son absence m'était et me serait insupportable, à quel point la brûlure de son corps avait gravé sur le mien un motif dessiné au napalm.

Quand on est gamin, on nous vante les mérites de l'amour passion. Il y a dans l'obstination à nous faire avaler de telles conneries le même acharnement que dans un exercice de propagande. Le côté romanesque des balades enamourées le long d'une plage, la fille avec des cheveux longs, le garçon avec un pantalon en toile écrue et un pull beige sur les épaules. Les nuits d'amour avec Barry White en musique de fond, les dîners aux chandelles, les bourriches d'huîtres et le tarama d'oursins. Les enfants blonds et la voiture neuve. La maison coloniale et le labrador. Personne ne nous parle du service après-vente : la désillusion, les sentiments d'abandon et de solitude dans lesquels on plonge, invariablement, quand l'amour se fait la belle, quand l'autre découvre les bras d'un inconnu et s'y sent mieux que dans les nôtres. Personne ne prévient les enfants que l'amour, c'est des pleurs, des trahisons, de la douleur, et un nœud dans le ventre qui ne part jamais vraiment. Que l'amour c'est un cauchemar quand il tourne court, que c'est du chagrin qui dure, et pas juste un cliché de catalogue Ikéa…

Je me suis levé, et je les ai laissés à leurs ébats. Je bandais à pierre fendre. Je suis retourné vers la dune. Dans ma tête tout se mélangeait. L'envie de baiser, là, tout de suite, l'envie de hurler, celle de me terminer à l'alcool fort, celle de courir, celle de me coucher dans le sable.

Je n'étais plus sûr de rien, mis à part d'une évidence : j'étais seul, bourré et triste.

On achève bien les tourtereaux

De retour sur la plage, mon groupe d'acolytes cuvait, entassés les uns sur les autres. De loin, la scène pouvait rappeler une copie assez fidèle du *Radeau de la Méduse*.

Seul Charcot n'était pas écroulé et figurait un mât de voilier, vacillant dans la tempête mais refusant de tomber.

Je l'ai pris par le bras et lui ai expliqué que je venais de découvrir un endroit merveilleux, doux et fantastique, et qu'il ne devait rater ça sous aucun prétexte. Il a grommelé, m'a dit que je le faisais chier, j'ai grommelé en retour, en balbutiant, la bouche de travers, que ça valait le coup. Je l'ai pris par l'épaule, on s'est pété la gueule sur Moïse et Henry, qui étaient tellement imbibés qu'ils n'ont pas sourcillé. On s'est redressés et par la force de notre élan centripète, on a réussi à faire le premier pas. J'ai gaulé deux boutanches à Jack. La route était longue, et le fond de l'air sacrément sec. En zigzaguant, on s'est approchés…

J'ai un vague souvenir de Charcot portant son chapeau de Daktari.

Et puis après je ne sais plus.

Je ne sais plus du tout.

Le trou noir.

Je buvais comme un évier depuis des jours et des jours, et là, après douze heures de tisane non stop, je ne me souviens plus de la fin de la soirée. Il y a quelques années, je ne foutais rien de mes journées. Rien du tout à part m'assommer. Souvent je ne me rappelais plus la façon dont j'étais rentré, ni ce que j'avais fait. Des histoires de filles draguées, conquises, puis couvertes de vomi ; des débuts de baston, des scandales divers et variés, je ne conserve que le souvenir honteux de leur évocation par des gens ayant assisté à ces scènes ; pas celui de les avoir vécues.

Un jour, je suis allé à une soirée, j'ai descendu des dizaines de verres de tout et de rien, j'ai mélangé bière et vin, gin et whisky. Je me suis peut-être fini au propane ou à l'huile de foie de morue. Je ne sais pas. Je sais juste que le lendemain je me suis réveillé, nu dans une flaque, les sourcils rasés, dans une forêt hostile. Sans jamais savoir comment j'en étais arrivé là.

À Sandpiper, ce soir-là, pareil. On a bu. On est allé à la plage. J'ai suivi le couple. Je suis revenu à la plage. J'ai chopé Charcot. On s'est levé et puis plus rien…

Je ne sais plus…

Si ça me revenait, je le dirais… Mais là, que dalle.

Je me souviens du matin par contre.

On s'est réveillés bras dessus bras dessous avec Charcot, cernés par les boutanches vides, dans le pieu de « Bernique ». Par terre, Richard et Jack pionçaient tout habillés.

Je suis retourné du côté de « La Baleine » nouvellement baptisée « Emma revient ». Je cherchais de l'aspirine, ils devaient en avoir. À l'intérieur, il y avait le même groupe de hippies destroy qu'hier. Ils pleuraient dans leur café. Il y avait des flics qui pleuraient moins, mais qui tiraient quand même bien la gueule…

Moïse avait des cernes pas possibles, et semblait être dans une forme aussi paralympique que la mienne. Il m'a pris par la main et m'a guidé en silence du côté du camping. Derrière les tentes des travellers, il y avait un cordon de sécurité, Rebecca et ses sbires, quelques flics, des caméras sans Rebecca devant, et des gens…

Au milieu d'eux, séparés par un film en plastique jaune et noir, les deux amoureux étaient nus et dormaient profondément.

D'autant plus profondément qu'ils étaient morts.

Cheveux longs – idée Kurt

La seule différence que je connaisse entre la mort et la vie, c'est qu'à présent vous vivez en masse, et que dissous, épars en molécules, dans vingt ans d'ici, vous vivrez en détail.
Diderot

On se fout en l'air : 1) Parce qu'on se sent vide ; 2) Parce qu'on se sent trop plein. C'est selon, mais c'est avant tout un problème de contenu et de contenant. C'est toujours le contenant qui trinque d'ailleurs : personne ne sortira d'ici vivant.

En cas d'abcès, l'usage préconise une désinfection, puis une légère incision dans le bubon afin d'en libérer le pus. Les suicidaires gèrent le plus souvent ce genre de problème en se perçant la peau avec des balles de calibre varié.

Louons leur radicalité.

Suicidé, mon ami. Suicidé, mon frère.

Méthodologie : essentiellement par arme à feu. Ne pas oublier la défenestration, la pendaison, l'overdose médicamenteuse, la noyade, l'asphyxie par gaz de pots d'échappement. Le roulé-boulé sous les roues d'un métro, d'une voiture, d'un autobus ou d'une moissonneuse-batteuse attire l'attention de quelques désespérés. Viennent après ceci des cas plus ou moins rares : immolation, chute dans l'escalier, électrocution, insertion de tournevis dans les sinus (douloureux et souvent vain), injection en intraveineuse de mort-aux-rats (pénible), crucifixion auto-administrée, seppuku…

Ultime trace : une lettre, un message téléphonique, un post-it sur le frigo, un enregistrement sur cassette DV, un dépôt de garantie au notaire.

Raisons invoquées : solitude, faillite professionnelle ou personnelle, rupture amoureuse, amicale et/ou familiale, dépression, mort ou disparition de l'être aimé… Plus rarement peut être invoquée la perte d'un animal de compagnie : celle d'un chien peut intervenir, celle d'un ragondin semble plus anodine. Parfois surgit comme une évidence l'idée d'y passer au nom d'un idéal. Ce dernier cas précède ou suit une épidémie selon l'adage « Qui m'aime me suive ». Il augure de manière générale de magnifiques chapelets d'emmerdes.

***

It's better to burn out, than to fade away. C'est comme ça que se terminait la lettre qu'on a retrouvée à côté des post-ados. Du Neil Young en épitaphe, comme le gars Cobain, y a plus dégueu… Ils expliquaient en substance et avec une naïveté adolescente confondante qu'ils savaient qu'ils n'aimeraient plus jamais comme ils aimaient depuis quelques jours, que quitte à ce que leurs corps et leurs esprits se confondent dans l'amour, il valait mieux se figer au paroxysme que dans le compromis. Que l'homme qui tournait avait été une révélation, qu'il disait beaucoup mais seul, et qu'eux deux ne parleraient plus jamais que d'une unique voix, et ce pour l'éternité.

Ils présentaient quelques excuses à leurs proches et soulignaient une évidence : « Ici tout débute. »

La petite avait les veines des poignets tranchées, et une légère entaille au niveau de la carotide avait fini de la vider. Le garçon comptabilisait les mêmes blessures. Un cutter échoué à côté de chaque corps suggérait que l'un avait signé le bordereau de sortie de l'autre. Ils se tenaient par la main, les yeux rivés au ciel, comme un jeune couple qui, émerveillé et ému, visite son nouvel appartement.

Sur la poitrine nue de la nymphette un L et un O, sur celle du garçon un V et un E entérinaient le fait qu'ils y croyaient dur comme pierre.

Le suicide, c'est la vie qui part parce qu'elle veut partir. Elle laisse à la vie qui reste les questions qui demeurent et l'envie qui flanche. Une déflagration.

C'est ça. Une déflagration. Comme un ressac post-tsunami, quand on jette une poignée de bouillasse sur le duvet en châtaignier d'un poteau, on clapote dans du pas terrible.

Je suis tombé à genoux, et me suis mis à pleurer en vomissant. Un mélange de bile et de larmes, d'alcool et de dégoût. Des convulsions et des sanglots, et tout le corps qui refuse de comprendre.

Je ne me souvenais de que dalle ; mais qu'est-ce qu'il s'était passé, nom de Dieu ?

Je suis retourné vers ma cambuse, complètement groggy. J'ai essayé de recoller les morceaux de la nuit, mais rien ne venait. J'ai réveillé Charcot en hurlant :

— Charcot !

— Hummmmm…

— CHARCOT PUTAIN !!!!!!

— Ouais quoi… Je suis où, là……………………… ?

— Dans mon bungalow. Dans mon lit ! Charcot, on a fait quoi hier soir ?

— Ben… On a pitanché comme des ânes. Et parle moins fort ou je t'en colle une…

— Oui, mais on a fait quoi en fin de soirée ?!

— Tu m'agresses, là… Attends deux secondes…

Il s'est assis au bord du lit. La tête entre les mains, les doigts agrippés à ses cheveux sales, en rêvant d'un shampoing sec et d'un Advil, il a repris :

— Bon, alors attends, d'abord, on a bu des coups à « Emma revient ».

— Je sais, ça.

— Après on a bu des coups sur la plage.

— Je sais aussi. Après ?

— Alors après t'es venu me chercher et on a bu des coups près des mômes.

— Raconte.

— Ils étaient en train de fricoter. On était raides et discrets comme des rhinocéros sous coke, et ils nous ont grillés.

— Et ?

— Et ils sont venus nous parler. Tu t'es pas démonté. Tu leur as dit que tu les trouvais magnifiques et que ce serait formidable s'ils pouvaient continuer à faire l'amour devant nous.

— C'est pas vrai ?

— Si. Et ils l'ont fait pendant vachement long-temps... Nous, on biberonnait, t'as essayé de te branler, je crois... Ils ont fini et sont venus nous parler... Ils étaient nus. Tu leur as raconté ton histoire avec Emma. Ils avaient l'air vachement peiné. Ils t'ont posé plein de questions sur la façon dont ça avait merdé, tu leur as dit que tu avais chié dans la colle à cause d'une histoire de pingouins et de bibines et que les histoires d'amour même les plus belles terminaient toujours vautrées la gueule dans une fosse à purin... La petite était super-émue, alors ils sont partis, elle sanglo-tait un peu je crois. Ça avait l'air d'avoir fait tilt sur ses cordes sensibles. Après, on a dû rentrer dormir tant bien que mal. Dans le bungalow il y avait déjà les autres zouaves. Voilà, tu sais tout... Pourquoi tu me demandes tout ça ?

— Les mômes se sont suicidés.

— Quoi ?

Je lui ai tout raconté. Le réveil, les flics, les cadavres, les hippies en pleurs. Il était abasourdi. Il a mis ses godillots, les a enlevés, puis les a remis. Ça devait être un truc compulsif dans son couple de mettre et d'enlever des chaussures.

On est retournés au camping.

En voyant le tableau des deux corps dissimulés sous une bâche noire, il s'est mis à pleurer aussi. Comme lui, je savais que tout ça était de notre faute, ou du moins qu'on n'avait rien arrangé : deux vieux aigris en train de se toucher en les matant, mon histoire merdique… On aurait pu les en dissuader et on avait une part de responsabilité conséquente dans ce gâchis. Mon speech aviné sur l'amour qui meurt et la désespérance qui guette avait dû les conforter dans le bien-fondé de leur geste.

Je l'ai pris à l'écart. Je lui ai dit :
— Ce qu'il s'est passé hier soir reste entre nous, Charcot. En parler ne servira à rien sauf à nous attirer des noises. Tu jures que tu te tais. Tu ne dis rien, hein ?
— Promis… C'est horrible… J'en reviens pas…
— C'est horrible, mais ça ne changera rien.
— La vache…
— Tu me prêtes les clés de ta bagnole ?

Il me les a données, je suis allé chercher Richard. Je lui ai rien raconté. Je lui ai laissé une heure pour se décrasser et sortir du coaltar. On s'est retrouvés à « Emma revient », bu un café au milieu des flics et on a taillé la route.

J'avais besoin de m'éloigner un peu de ce bordel.

J'ai démarré la vieille Ford bleu roi décapotable de Charcot, et enclenché la cassette des Stones.

Elle était calée sur *Love in Vain.*

Ça pouvait difficilement mieux tomber.

Un ange dépravé

Y a une route à gauche en sortant du camp qui descend de Sandpiper vers le lointain. Elle longe la mer pendant des kilomètres, menace de s'y noyer, grimpe, descend et évite le grand bouillon. Elle improvise des méandres entre les arbres, joue à saute-mouton sur les dos-d'âne, bisoute quelques culs de poules. C'est une route pas ramenarde qui assume ses défauts et passe sous silence ses qualités. C'est pile-poil celle dont j'avais besoin…

Les mômes sont morts.

On a tourné à gauche, donc. La cassette vrombrissait et les Stones pétaient le feu. Ils parvenaient à couvrir le bruit de Tupolev qui sortait de sous le capot de la Ford. Richard et moi avons d'un commun accord ressenti le besoin impérieux de ne pas parler. On verbaliserait plus tard, et encore pas sûr.

Emma ne reviendra pas.

À part le jour où j'ai galopé partout à la recherche d'Emma, j'étais pas sorti du camp depuis mon arrivée… J'avais regardé l'autre tourner et j'avais tenté de gérer le merdier que ça avait engendré. Le suicide des mômes, ça commençait à faire un peu beaucoup… La goutte d'eau, c'était eux, le vase c'était moi, j'avais de la flotte jusqu'à l'occiput… Il y avait une ribambelle de bagnoles garées le long de la route. Elles avaient servi à véhiculer jusqu'ici le bon gros millier de péquenots qui avaient pris racine dans mon bourbier. Une dizaine de camions TV brandissaient des paraboles grosses comme trente couscoussières vers des satellites qui n'en demandaient pas tant.

Où va la vie quand elle s'en va ?

Je pensais aux mômes et à leur geste. Je pensais à moi. À Richard. À des bouts de familles épars en France. À des tristesses paumées en plein désert américain. J'ai envié un peu l'abomination que les gamins avaient pour la croyance au lendemain, ses heures radieuses, sa félicité. J'ai pensé à un plan pour mourir sans partir, et j'ai laissé tomber.

Le Teuton va y laisser sa peau.

On a roulé une heure ou deux, en s'éloignant du chaos, on s'est remis à respirer. Le fond de l'air était chaud, du coup on a tracé les vitres ouvertes. Richard en a profité pour retirer ses groles et poser ses pieds nus sur le tableau de bord. La cassette des Stones jonglait d'une face à l'autre. Quand on passait devant des kiosques à journaux, on se rendait vite compte que du

côté du camp il se passait un truc bizarre. En couv :
l'Allemand, et ce, partout. Une belle unanimité. *News-
week, USA Today, Los Angeles Times…* Tout le monde
s'accordait à dire que notre homme était au centre d'un
événement majeur… Un raz de marée médiatique. Ils
n'avaient pas encore entendu parler des mômes, ça
allait donner un coup de neuf à tout ça… J'espérais que
ça leur ferait plaisir.

Comment fait-on pour revenir en arrière ?

Au bout de deux heures de route, on s'est arrêtés
casser une graine. On est tombés sur un drive-in à peu
près potable posé au bord de la route. On s'est assis.
J'ai pris une Bud. Richard idem. On avait toujours pas
échangé un mot. Une serveuse s'est avancée vers nous,
on a commandé je sais plus quoi à bouffer. On a écouté
autour de nous les conversations des gens. Ça ne parlait
que du camp. Chacun avait son avis, dissertait à raison,
et pas mal à tort, sur les motifs de tout ça. Dans un coin,
un vieux parlait tout seul en lisant le canard de
Virginia. Il disait « C'est pas vrai – c'est pas vrai – c'est
pas vrai »… La radio diffusait une musique country
assez peu avenante, genre Dolly Parton un soir de
rhume. Le morceau a été interrompu par un flash
spécial annonçant la mort des deux mômes. Les termes
étaient sobres, assez pudiques, pour être honnête. La
voix du journaliste légèrement voilée. Les consomma-
teurs étaient abasourdis. La serveuse s'est allumé une
clope.

Elle était jolie cette fille.

Elle a oublié de nous servir. Ça craignait pas, on avait plus des masses les crocs. On a laissé tomber la table, et on s'est radinés vers le comptoir. Elle me faisait pitié la gamine. Elle devait avoir vingt ans, et dans ses yeux, il y avait de la tristesse pour remplir une dizaine de quadras. En guise de peau, elle portait une sorte de vélin doré de première qualité, elle avait les cheveux bruns, des yeux verts, et autant les blouses de serveuse c'est moche, que là, portée par elle, c'était beau...

J'ai dit :

— Mademoiselle ?

— Oh oui, vos plats, pardon... J'ai oublié...

— Pas grave. On avait pas trop faim de toute façon. On va reprendre une pression... Vous buvez quelque chose ?

Elle s'est servi un rhum et a rempli nos verres.

— Vous allez bien ?

— Non, pas vraiment, mais ça va aller mieux...

— On peut faire quelque chose ?

— Je sais pas...

— Vous finissez quand votre service ?

— Là. Dans dix minutes.

— On se balade avec mon ami. Joignez-vous à nous. Ça vous changera les idées. On vous ramène ce soir.

— Je sais pas.

— Venez...

On s'est regardés dans les yeux. Elle sondait si j'étais un détraqué ou quelqu'un de normal. Elle cherchait des prémices de déviance et des promesses de viol. Apparemment elle en a pas trouvé. Elle est allée se changer, et on est partis vers la voiture. Elle était divine. Minijupe noire sur ses jambes nues, chaussures plates, un débardeur pastel, un foulard coloré et un blouson en cuir usé. On aurait dit la fille dans la pub Hollywood chewing-gum. Elle est montée devant, Richard derrière. Juste avant de démarrer, elle a dit de l'attendre, qu'elle revenait. Elle a pas menti. Elle s'est raboulée avec les bras chargés de sacs de boutanches. Elle a dit qu'elle en avait ras le cul, et marre aussi, et puis soif. Elle a aussi dit qu'elle s'appelait Debbie, qu'elle avait vingt-deux ans et que sa vie puait.

J'ai mis la cassette des Stones, le moteur s'est mis à ronfler, et on est partis.

Le bruit du moteur, le soleil et la chaleur, le vent et la fille. C'était pas mal. Debbie a enlevé son blouson. On devinait la courbe de ses seins sous son débardeur taille XXS. Sa respiration était douce et apaisée. Elle s'évaporait un peu en fermant les yeux, penchait la tête en arrière, et le vent jouait dans ses cheveux. Elle avait les pieds posés sur le tableau de bord et la jupe relevée jusqu'en haut des cuisses. On a traversé des zones délabrées d'où surnageaient de temps à autre des baraques en tôle et des caravanes en alu éventrées. Des gosses jouaient au ballon le long des routes. Ils étaient sales. Des hommes hors d'âge fumaient des roulées assis sur des chaises en regardant passer les bagnoles. Un peu comme font les vaches avec les trains. Ici, *Les Raisins de la colère* n'avaient toujours pas été vendangés.

Debbie a dit de tourner à gauche. On a tourné à gauche. Puis de prendre à droite et de suivre le petit chemin, alors on a pris à droite et suivi le petit chemin. Au bout du chemin, il y avait un bar hôtel posé sur la mer. On a garé la voiture.

— C'est mon endroit préféré au monde. Quand ça va pas, je viens là. Je prends un bouquin. Et j'attends que la nuit tombe. J'ai ma chambre là-haut. Elle fait face à la mer. Elle est lumineuse. Grande…

— Il est tard. On va peut-être rester dormir aussi. Ça te dérange pas ? On te ramène demain.

— Au contraire, installez-vous sur la terrasse, je vais voir la petite dame.

Avec Richard on a investi une table basse en teck, il y avait des chaises longues autour. Leur toile était délavée par l'air marin. On a attendu dix minutes, la pression accumulée depuis le départ d'Emma se dissipait un peu. La mort des mômes, la vie qui tournait déguisée en Allemand sur une plage, tout ça, c'était un peu plus loin, et ça faisait du bien. Debbie est revenue accompagnée par une petite dame voûtée qui du haut de son mètre quarante tutoyait les quatre-vingts balais. Elle avait une blouse qu'elle devait tenir de sa mère qui elle-même la tenait de sa grand-mère. Elle portait des santiags en croco et sa bouche se résumait à une dent posée sur un sourire rigolo en lame de couteau ; elle avait l'air gentil et un peu à Yoda ressemblait.

Ici c'était la mer sans les emmerdes. Pourquoi je ne connaissais pas cet endroit avant de partir en voyage de noces ?

Debbie a posé trois cocktails en disant « La première est pour moi ». Elle a sorti des feuilles à rouler, un sachet d'herbe, et s'est mise en route, destination un bon vieux pétard des familles.

Elle a allumé son joint. À l'odeur on devinait qu'il aurait assommé un cheval de trait.

Elle a tiré trois lattes de locomotive et a commencé à nous parler de sa vie. On avait à peu près la même alors on a pas été trop surpris : des loses sentimentales, un boulot nul, quasi pas de famille, une absence cocasse de blé… Sa voix était un peu éraillée comme celle de Marianne Faithfull sur *Broken English.* Ça faisait un bruit de fond assez accommodant, comme les pales d'un ventilateur…

Elle m'a passé le calumet. La première bouffée m'a fait tousser. La fumée était âcre. Mon corps s'est transformé assez vite en baluchon de coton hydrophile, alors ça valait le coup… Les volutes de Marie-Jeanne allaient bien avec son monologue, l'air salé, le bruit des vagues, la loupiote au-dessus de nous et la terrasse en peinture bleue écaillée…

Il était sacrément costaud son truc.

Y avait une grosse mouche à merde qui tournait autour de la lampe. Je l'aimais bien, moi, cette mouche.

Cette moumouche. Cette biiiizzbizziii avec des gros yeuyeux. La mouche à babouches qui faisait des tours et des détours autour de la grosse lumière jolie… Je suis monté sur son dos, et on est passés en piqué tout près de la tête de mon copain Richard. Oulàlàlàlà la grosse tête qu'il avait pas ! La honte ! On a survolé la mienne aussi. Comme j'étais déjà sur la mouche, la mouche elle en a profité pour se poser sur mes cheveux. C'est dingue comme j'ai des cheveux gros comme des lampadaires vus de dedans moi. Mon amie la mouche m'a déposé sur mon crâne, on a papoté assis sur un tapis de pellicules, puis on s'est fait la bise et elle est repartie en chantant *New York, New York…*

Il était quand même fort, ce joint.

La petite dame nous servait des verres à foison. C'était bonnard. J'avais l'esprit sur position « pose-toi un peu, bonhomme », et les radis en éventail dans mes godasses pourries… Debbie a suggéré une balade et on s'est baladés. Le ciel était dégagé, et la nuit ressemblait à celles qu'on croise dans les films de Walt Disney : le bruit des animaux prenait une forme de comptine pour gniards, les étoiles scintillaient jusqu'à la caricature et une lune ronde nous matait d'un œil taquin. Le pied.

On s'est assis sur le sable, en buvant du scotch, on a roulé un autre pétard. Il était deux fois plus fort que le premier, ce qui honnêtement n'était pas rien. J'étais allongé sur le sable. Dans ma tête tout allait bien, je faisais trois kilomètres de haut et j'attrapais des étoiles au lasso. Je montais dessus et on faisait la course avec

Debbie et Richard au milieu des voies lactées. C'est moi qui ai gagné. Pas de beaucoup, mais c'est moi quand même. J'étais en train de faire du hula-hoop avec l'anneau de Saturne quand Debbie a décidé qu'il était grand temps pour nous tous de prendre un bain de minuit. J'ai dit « OK », ramené la Petite Ourse à sa maman, un peu rangé le foutoir qu'on avait fait dans le ciel, et on s'est déshabillés à la décontracté, comme si on avait fait ça toute notre vie.

Plus désinhibés que nous à cet instant, je vois pas. Avec Richard on avait des sexes rabougris par le froid, mais on s'en battait ce qui restait de nos gonades. J'avais jamais vu la quenelle de mon pote. Il semblait avoir un sexe plus long et plus large que le mien. Il paraît que ça fait toujours ça quand on regarde la bite de quelqu'un d'autre, mais ça me chiffonnait un peu quand même. Je me demandais si j'avais pas pris un début de bide aussi… Debbie s'était désapée en deux minutes. Ses seins étaient lourds et sa toison dense et noire comme un café italien trop serré (ou un truc sombre du genre).

Elle nous a jeté un coup d'œil en coin en ricanant comme une enfant, puis a filé en courant vers les vagues. Elle était fine et ferme. Son cul parfait était une planète vierge où la cellulite n'avait pas encore posé le pied. Elle s'est retrouvée dans l'eau avant nous, en sautant au cœur des vagues, elle nous faisait des signes nous incitant à la rejoindre. Passons sous silence les soubresauts de sa poitrine, un lecteur non averti pourrait y prendre goût…

Notre petit trio a fait mouillette pendant une heure, nageant vers le large, puis revenant vers le bord, porté par les rouleaux, a batifolé comme de jeunes canetons envapés. On est sorti à l'unisson puis on est rentrés main dans la main, trempés, à poil et une bouteille à portée de gosier.

J'étais gêné par rapport à la vieille dame de l'hôtel, mais Debbie m'a dit qu'elle dormait déjà, et qu'il n'y avait aucun, mais alors aucun risque.

En guise de chambres, elle n'en avait réservé qu'une. Elle avait sa petite idée sur la façon de finir la soirée. Richard et moi avions dans l'idée que son idée c'était de ne pas finir la nuit seule, mais plutôt à plein. On n'avait plus la force d'être contre.

On a commencé à se caresser tous les trois sur la terrasse, l'air chaud nous enveloppait, c'était chouette. Moins de dix-huit secondes après avoir poussé la porte de la chambre, nos corps se mélangeaient dans la pénombre. Elle s'est offerte à nous séparément, puis ensemble. Après avoir joué un concerto pour deux flûtes, on a fait l'avion, le tourniquet hindoustani, la grenouille à deux têtes, le cactus en fleur, une fois puis deux, puis trois, et quand le jour s'est levé, elle dormait entre nous, mon visage entre ses seins. Pas une seule seconde on s'est dit qu'on était tombés sur une salope. Elle faisait plutôt songer à un ange dépravé pour qui le cul n'est pas sale.

C'était la première fois que je faisais ça avec Richard, et il faut reconnaître qu'il se débrouillait pas trop mal le salopard. Je me demande même s'il n'avait pas assuré un peu plus que moi. J'ai tout le temps eu l'impression de finir avant lui… Je suis pas du genre compétiteur mais de nous deux, j'aurais préféré que l'éjaculateur précoce ce soit lui.

Au matin, il affichait un sourire satisfait genre « je suis le mâle dominant ». Ça avait le don de me foutre les nerfs en pelote. On a quitté l'hôtel en voiture, et ramené la petite à son resto. On lui a laissé l'adresse du camp et donné rendez-vous pour le week-end. Pas sûr qu'elle vienne, mais au cas où…

On a repris la route. Richard sifflotait comme un con. À un moment il m'a dit :
— Marrante cette soirée, non ?
— Ouais…
— Et puis pas mal, Debbie…
— Ouais…
— Fais pas la tronche pour cette nuit, te bile pas… T'étais crevé et le pétard c'est traître…

J'ai pilé au milieu de la route en écrasant la pédale de frein. Les pneus ont laissé une trace noire sur l'asphalte. J'ai garé la caisse sur la voie d'arrêt d'urgence et coupé le contact. Je suis sorti. J'ai ouvert sa portière. Je lui ai collé une méchante patate. J'ai refermé sa portière. J'ai regagné ma place et remis le contact. On a repris la route. Les Stones chantaient *You Can't Always Get What You Want*.

Il s'est pas rebiffé. Il avait pas intérêt.

On se rapprochait de Sandpiper, et ça me rendait nerveux.

C'était pas le moment de me les briser.

Pas là, non…

Y a pas que des gens bien
chez les textiles

En route, comme on avait du temps devant nous, on en a profité pour se faire une gueule d'enfer. On l'a soignée celle-là. Richard avait découpé un bout de mouchoir pas trop souillé, trouvé dans la portière de la caisse. En le tournicotant, il s'en était fait un petit bouchon, qu'il s'était cloqué dans le naseau. J'avais envie de me foutre de lui. J'ai pris sur moi. Pauv' vieux... Mon bourre-pif l'avait pas raté et j'étais pas fiérot. J'avais pété le nez de mon pote à la vie à la mort. Du bon boulot.

En s'approchant du camp, on a remarqué sans trop de mal que la file de voitures s'était encore allongée. Le coup du suicide des gosses ajouté à la météo pour le moins clémente (30°, ciel bleu, vent nul) avait encore accentué la curiosité. À l'entrée du camp, on a été accueillis par un ado, figurant potentiel de *Mad Max 7*. Il portait un short en jean noir, une barbe immense, et son corps servait de vitrine à une collection de tatouages plus trash les uns que les autres. Dragons, têtes de morts et lettrages gothiques couraient sur ses membres. Il devait avoir un rebouteux, une paire de sorcières et trois exorcistes assis sur les branches de son arbre généalogique. Il avait bien la dégaine à appeler son clébard Satan. On ne le connaissait ni d'Ève, ni d'Adam. Il nous a dit qu'il s'appelait Nick. On lui a fait part de nos salutations les meilleures, on a garé la bagnole, puis filé à « Emma revient ».

À l'intérieur, le moins qu'on puisse dire, c'est que c'était l'effervescence. On aurait dit un verre d'eau rempli jusqu'à la gueule d'aspirine. Ça braillait, ça galopait, ça brassait des mètres cubes d'air impressionnants. Et du coup, à cause du stress, de la moiteur et de l'agitation, ça flairait méchamment la sueur…

J'ai chopé Darius et demandé :
— Il se passe quoi, là ?
— Vous étiez où ?
— Partis faire un tour. Il se passe quoi, là ?
— Il a quoi, Richard ?
— Mauvaise chute… Il se passe quoi là, s'il te plaît, Darius…
— On est passés à un cheveu de la cata, mon pote. Un cheveu. Je te le dis comme je le pense, on ne sait jamais de quoi demain sera fait.
— Va au fait.
— La dune commence à faire des siennes, voilà, ce qu'il y a.
— C'est-à-dire…
— Ben c'est-à-dire qu'il y a eu du vent, et que la dame s'est mise à chanter.
— T'as picolé ?

168

— Merde, je te dis… Elle a chanté. Il paraît que c'est normal. Ça lui arrive de temps en temps, c'est marqué dans le prospectus du camp. Il y a eu comme une avalanche de sable, et les grains, je sais pas, mais en se frottant, ils ont fait une onde. Voilà. Charcot m'a expliqué, j'ai pas tout compris…

— Genre ?

— Une onde ultra-basse étrange… Comme le chant d'une baleine fantôme, un peu, mais aussi fort que le bruit qu'aurait fait un avion passant au-dessus de nous. Ça fait froid dans le dos. Le truc pas arrangeant dans l'histoire c'est que l'éboulement a emporté une partie des gens assis sur la dune…

— Aïe.

— Ben ouais, on est vraiment limite au niveau sécurité là-haut. On s'en sort pas mal : il y a qu'une jambe de pétée, et un genou dans le sac. Avec la panique et la surprise, on est passé à ça…

— Eh ben si même la dune s'y met maintenant, on est pas sortis. Faut juste espérer qu'elle n'ait pas envie d'enregistrer un disque…

— C'est pas un peu bizarre, par ici ?

— Penses-tu… Et sinon ?

— Sinon ? Rien de bien méchant. De plus en plus de monde. Tous les bungalows pleins. Des journalistes nouveaux toutes les dix minutes. Le service ici qui ne débande pas. Pas moyen de payer les fournisseurs parce qu'on a pas le chéquier d'Henry. Henry, qui entre parenthèses n'a pas débourré depuis des jours et qui n'a pas plus de nouvelles de sa femme que toi de la tienne, fermer la parenthèse. Sinon ? Eh ben sinon, je vais te le dire : Maman passe ses journées les mains dans la javel. Elle va finir par plus avoir d'ongles. Deux mille personnes veillent sur la dune autour de l'Allemand et trois cents personnes vivent à poil dans le camping. Rien de spécial quoi.

— C'est nouveau ça, les gens à poil…

— Oui, et c'est pas triste. Va faire un tour, tu m'en diras des nouvelles.

Dans le camping en effet, c'était un mini-Woodstock glauque. Pas de boue. Pas de groupes de rock. Pas de joie, ni de folie. Juste des corps nus ou passablement vêtus, affalés sur le sable, seuls ou accompagnés. Des petits cercles s'étaient formés. On s'y blottissait en silence. On y larmoyait un peu. On déclamait des poèmes tristes et un peu neuneus (Walt Whitman, Jim Morrison et autres pieds tendres). On tirait mollement des bouffées d'herbe sur des narguilés home-made. Je me suis fait une place entre un garçon en salopette et une gamine rondelette sobrement vêtue d'un bracelet africain et d'un piercing au nombril.

— Ça va ? j'ai dit.
— Non, elle a fait.
— Vos deux copains ?
— Oui. Ils se sont sacrifiés pour nous.
— Euh… T'es sûre de ça ?
— Oui. Ils nous ont montré la voie. J'aimerais avoir leur courage.

Aïe, aïe, aïe… Hop hop… Ça dérapait sec là-dedans. Ils allaient tous nous claquer dans les pattes, ces cons-là. N'importe quoi : pourquoi pas ? Hiroshima : non.

Je suis parti sur la dune à la recherche de Rebecca. Elle était maligne la petite dame. À coup sûr, elle allait me trouver un pansement pour contrer l'hémorragie qui menaçait… Un des deux sbires qui l'accompagnaient me l'a désignée du doigt. Elle nageait au large. C'était son heure. Je me suis fait un chemin au milieu de la foule. Le pélican m'avait retrouvé et me bouffait les talons pendant que je marchais. C'était son nouveau truc. Ça faisait une présence au moins.

Je me suis approché du bord de la plage. Quand Rebecca est sortie de l'eau, je lui ai tendu une serviette. Je lui ai dit qu'ici, ça pouvait virer rapidement chocolat si on ne faisait pas un truc… Tout le monde pétait les plombs dans ce bled. La chaleur. Les événements. Je ne savais pas.

— Vous m'accompagnez à mon bungalow ? Nous parlerons de tout ça là-bas. Mon direct est dans une heure, j'ai un peu de marge.

On est rentrés dans « Pieuvre », son bungalow qui était à cinquante mètres. Elle s'est glissée dans la salle de bains. Par le jeu des miroirs, je l'ai aperçue en train de se désaper avant de rentrer sous la douche. J'aurais parié qu'elle le faisait exprès. J'avais jamais vu autant de gens à poil dans la même journée, mais de ma vie entière, j'avais jamais vu, en vrai, un corps aussi beau que celui de Rebecca. Un jour, il faudrait penser à le mouler et à l'offrir à une Académie de sciences. Dans quelques siècles, quand tous les Terriens seront difformes, obèses, malades ou quasi morts, ça fera du bien de se dire qu'un machin pareil a existé sur notre planète.

En sortant, elle m'a rejoint, enroulée dans une serviette blanche très largement entrebâillée. Elle jouait à quoi, là ? Elle jouait à quoi, là, sérieux ?

— Dites-moi…
— J'ai le sentiment que les mômes du camping sont en train de préparer un fier suicide collectif.
— Pas improbable, j'en ai bien peur. « Qui m'aime me suive », c'est bien l'adage, non ?
— On ne peut pas laisser faire ça. C'est impossible.
— Cyniquement, je dirais que ça arrangerait mes affaires, depuis une semaine je fais l'intro du JT. Ce serait un rebondissement tout à fait profitable à ma carrière.
— Vous plaisantez ?
— J'ai précisé « cyniquement ». Il me reste un fond d'humanité, ne vous y trompez pas. Une seule solution pour se prévenir d'un carnage annoncé : distrayez-les.
— Comment ?
— Distrayez-les. Je n'ai pas d'autres idées…

Je l'ai laissée. Au moment de quitter « Pieuvre », elle est venue vers moi, et en posant la main sur mon épaule, m'a murmuré à l'oreille :
— Passez ce soir. La chaîne m'a envoyé une caisse de champagne pour me remercier et je n'aime pas boire seule.
— Quelle heure ?
— Votre heure sera la mienne.
— Entendu…

Si à un moment il demeurait l'ombre d'un début de doute, là au moins, tout devenait clair : elle voulait tâter de ma quenelle. Et bing. Un rencard avec Rebecca. Ne pas y penser. Ne pas y penser. Ne pas y penser.

À « Emma revient », on s'est assis avec Darius.

— Faut distraire les mômes, Darius, sinon ils vont faire une sacrée grosse connerie. Ça pue la mort dans leur cervelle de moineaux.

— T'entends quoi par distraire ? Changer les idées ?

— À peu de chose près, oui.

— C'est le boulot de mon fiston, tu sais… Le cinéma, c'est ni plus, ni moins que ça. Il a appelé tout à l'heure, il voulait savoir comment tu allais…

Nom de Dieu. Greg et son cinoche. Greg et sa vie sur pellicule. Greg le passionné et ses histoires passionnantes. Greg, mon pote Greg. Greg mon héros. On l'a appelé dans sa salle de ciné.

— Greg, c'est moi.

— Salut, toi…

— C'est la merde ici. Ça cafarde à tout va. Ça va pas tarder à péter.

— J'ai vu ça dans les journaux, oui, ça augure rien de terrible…

— Tu pourrais distraire les gens ?

— À peu de chose près, oui, c'est jamais que mon boulot.

— Tu pourrais changer les idées de deux ou trois mille gus assis sur une plage ?

— Dix mille si tu veux.

— Je veux. T'as besoin de quoi ? Tu viens quand ?

— Papa m'a expliqué le bordel. J'ai besoin de rien. Je me débrouille. Il est quelle heure ?

— Midi, Greg… Il est midi.

— Annonce une séance de cinoche sur la plage ce soir. Annonce-la, j'en fais mon affaire.

— Merci. T'embrasse.

— T'embrasse.

Il a raccroché.

Charcot est venu me voir.

— T'as un peu de temps ?

— À vue de nez, avant la prochaine cata, je dirais dix minutes…

— Tu bois une bière ?

— Vite fait, alors…

On s'est assis au comptoir, Darius nous a servi deux canettes.

— La dune a poussé la chansonnette tout à l'heure.

— J'ai appris…

— Je t'explique ?

— Surtout pas, non…

— Ah ! Comme tu veux… J'ai entendu ta conversation avec Darius, et je peux peut-être te filer un conseiL… Ton problème d'émulation collective, là…

— Les dépressifs ?

— Ceux-là mêmes, oui… Tu connais les cétacés ?

— Pas personnellement, non…

— Les baleines, les orques, les dauphins, les cachalots, les marsouins… En gros, dès que t'es face à un énorme poisson, t'as toutes les chances de tomber sur un cétacé.

— Admettons, oui… Et je fais quoi de mes hippies ? Je les balance à la mer ?

— Deux secondes. J'en étais où ? Laisse-moi parler où je vais me paumer. Alors… T'as dû voir des images de baleines échouées sur les plages, j'imagine…

— Oui, plein…

— Le phénomène n'est pas neuf chez les cétacés. Un siècle après la naissance de Jésus, Pline l'Ancien, un homme preux et doué d'une intelligence remarquable – j'aime beaucoup –, relate ce type d'événement. Il y décrit un orque agonisant dans la baie d'Ostie, et il évoque en termes magnifiques le désarroi qui, telle une traînée de poudre, a couru dans les rangs de la population. Je cite de tête « le désespérant spectacle d'une masse humaine pleurant à chaudes larmes l'exil de ce cœur énorme ».

— C'est joliment dit.

— Tu m'étonnes…

Et c'était reparti. Les pingouins. Les ours polaires. Les orques… J'en avais plein l'oignon. J'aurais adoré qu'on arrête de prendre mon gros côlon pour l'arche de Noé. Ça m'ulcérait. J'aurais volontiers vu Charcot échoué sur une plage, son gros bide éventré servant de snack à une colonie de goélands.

— Pline l'Ancien, c'est pas précisément une cloche, en effet. Allons plus loin… Depuis quelques années, l'ampleur du phénomène va crescendo, ça n'arrête pas. En 1970, 59 femelles et leurs petits rendent l'âme sur les côtes néo-zélandaises. Un spectacle horrible… En 1991, 170 baleines s'échouent sur les côtes de Sandy Cape… Il y a 200 exemples, si tu as le temps. L'hécatombe, je te dis… Vient alors une question. Une seule et unique question… Laquelle, mon ami ?

— Est-ce qu'on les mange ?

— Non…

— Qui paie le nettoyage ?

— Non plus…

— La question, c'est « pourquoi ? ».

Il a repris un bock. Il buvait les mousses comme ses propres paroles : jusqu'à plus soif.

— Elle a pas un arrière-goût de lait, cette bière ?

— Je sais pas. Peut-être… Tu termines avec tes baleines ?

— J'y reviens : pourquoi quitter l'océan et se laisser mourir hors de son milieu ? Plusieurs raisons ont été évoquées et je te prie de croire que les scientifiques du dimanche n'ont pas lésiné sur les réponses prémâchées. Ils ont évoqué le réchauffement de la planète qui aurait pu détourner des courants, et du coup, troubler des chemins établis depuis des siècles. Pas crédible. Les ondes émises par les bateaux qui troubleraient l'écholocation des colosses ? Peu fiable… Non, ici c'est un phénomène de masse et d'instinct, tu suis ?

— Jusqu'ici, rien ne m'échappe…

— Autant chez les pingouins cette salope de manchote causait la perte d'un être doucettement épris d'elle, et le cas restait singulier. On était dans le registre du désarroi né de l'amour d'un être pur pour une pute.

— Pour une pute, oui…

— Autant là c'est très clairement un suicide collectif. Quand on rejette les cétacés dans l'océan, ils reviennent s'échouer. Inexorablement. Dans la minute ou dans les jours qui suivent. Ils reviennent pour en finir.

— C'est dingue, ça…

Je sais pas pourquoi, mais il commençait à m'intriguer, le père Charcot.

— C'est dingue en effet, et ça peut t'être utile. Il y a un parallèle à faire avec tes ados. Si la baleine en chef décide d'y passer, elle est suivie par le reste de la colonie. Façon Panurge et ces trous du cul de moutons. Il s'agit d'ôter au chef l'envie de mourir, et il n'y a pas de carnage. Et c'est là où je veux en venir. C'est idem pour tes hippies. Pas de leader suicidaire, pas de suicide.

— …
— On s'en remet une ?

Il m'avait bluffé ce con. Trouver le leader, le distraire, et on s'en sortirait.

Je suis allé vers le camping. J'ai demandé à la môme de tout à l'heure de me dire qui était le boss. Elle m'a désigné le type qui nous avait accueillis lors de notre retour. Il était à poil. Je suis allé à sa rencontre pour le prévenir que ce soir on faisait une projection de ciné en plein air sur la plage et que toute la bande était la bienvenue. Avec ou sans habits, on s'en accommoderait. Nick m'a dit qu'ils viendraient tous, et habillés, puis il a fini par cette phrase :

— Il n'y a pas que des gens bien chez les textiles.

Pas faux, Nick. Pas faux…

Close to the surface

*When I was younger, it was so easy : my
emotions were so close to the surface. I'm
finding it harder and harder to stay in touch.*
John Cassavetes, *Opening Night*

Gena Rowlands et John Cassavetes se déchiraient en
Dolby stéréo. L'écran géant était posé entre la mer et
l'Allemand, les gens étaient massés sur la dune. Le
Teuton dormait. Une lumière bleue se reflétait sur son
corps. Le public était absorbé.

C'était saisissant, putain...

Je sais pas comment avait fait Greg pour installer ce
truc, et surtout le trouver. L'écran était pneumatique et
faisait dix-sept mètres de diagonale. Les enceintes
étaient gigantesques. Il était venu accompagné de
quatre personnes pour le monter. On était aussi loin que
possible du cinéma à la papa où il bossait. J'ai appris
plus tard que Greg avait tout payé de sa poche, et que
comme sa poche n'était pas bien profonde, Darius avait
mis la main à la sienne. Les deux étaient convenus de

ne pas m'en parler. Ils voulaient me rendre service parce qu'ils m'aimaient. Rideau. Je tenais une illustration assez fidèle de l'idée d'élégance.

Autant le barnum était dingue, autant j'étais pas sûr du choix du film. Greg avait voulu me faire plaisir, mais là faut reconnaître que ça plombait encore un peu plus une ambiance déjà sacrément lourde. Dans le film, une jeune fille s'était fait écraser par une voiture. Gena Rowlands pleurait son décès à chaudes larmes, en engloutissant tout ce que Broadway comptait d'éthanol. Ben Gazzara en avait ras le pompon. Il était le metteur en scène d'une pièce dont Cena Rowlands était la vedette. Tout menaçait de claquer dans un coma éthylique et John Cassavetes, même s'il était classe comme jamais, avait du mal à sauver la baraque. C'était magnifique, mais nom de Dieu, ce que c'était triste…

J'ai entendu une détonation. Et puis une autre. Ça a pas raté. Ça commençait à clamser à tout va. Les mômes étaient sur les dents. C'était l'émotion de trop. Boum. Greg a blêmi, il m'a demandé s'il devait arrêter. J'ai dit « Surtout pas ». En arrêtant, ça aurait été pire.

Le film était long (2 h 23).
Ce soir-là, il y eut vingt-cinq morts.

La cabane est tombée sur le chien

Je ne passerai pas deux fois par le chemin de la vie. Donc tout le bien ou le plaisir que je puis apporter à mes semblables, c'est maintenant que je dois le faire. Que rien ne me fasse négliger ou retarder ce devoir, car l'occasion ne se reproduira pas.

Dale Carnegie,
Comment se faire des amis

Sans noircir le tableau, on peut décemment se dire qu'on avait échoué. Un échec cinglant, de ceux dont on se relève difficilement. Suite à cette projection, Sandpiper se réveillait aussi gorgée d'optimisme qu'un soir de pluie à Timisoara.

Après avoir répondu à quelques interviews TV, radio, et presse, après avoir conférencé de presse comme des pros dans « Emma revient », on a fait une petite réu de crise sur le thème : « On fait quoi là ? » On a trouvé bizarre qu'il n'y ait personne pour nous filer de coup de main, pas de cellule de soutien psychologique. Du côté de la Maison Blanche, pas un coup de bigot du président, ni même celui d'un obscur pseudo-conseiller, rien. Ceci dit même du côté de la mairie, c'était silence radio. On s'est dit que ça allait être à nous d'assainir le marais. On a bien eu droit à quelques flics, mais à peine réveillés, et pas plus concernés que ça.

Rebecca est passée. Elle m'a murmuré à l'oreille « J'insiste, distrayez-les ».

Si la vie avait un sens, ce serait ça : tout droit, tout schuss, les skis parallèles, les genoux pliés, le torse à angle droit, les bras le long du corps, les maxillaires en pare-chocs, et à-Dieu-vat.

Avec mon moral en vrac et l'odeur de mort dans le camp, distraire les gens, c'était pas rien. Je sais pas si vous avez les bases du poker, mais en gros c'était aussi couillu que de jouer tapis avec une paire de deux. Dans ces cas-là, faut pas trembler parce que si tu laisses transpirer quoi que ce soit, ou si tu fais un geste de trop, tu laisses ta chemise, celle de ta femme et la gamelle de ton clébard… Avec le camp, pareil, j'y allais au bluff. J'allais jouer au Gentil Organisateur, alors que j'avais rarement été aussi mal de ma vie.

Tout seul, j'allais sûrement pas y arriver, j'ai décidé de mobiliser toute l'équipe.

Ça a donné lieu à un brain-storming d'une rare intensité. On s'est installés tous ensemble autour d'une table dans notre troquet. J'avais demandé de noter sur un bout de papier deux ou trois idées de manière anonyme, de plier le papier en question et de le mettre dans un récipient placé à cet effet au centre de notre petit groupe. Un jeu d'enfants ? Je le pensais aussi ; j'ai été déçu…

Comme des gamins au moment d'une interro surprise, ils étaient pas bien à l'aise mes cocos. J'ai vu passer la peur dans leurs yeux. Au bout de dix minutes, tout le monde a tant bien que mal rempli sa tache.

J'ai dépouillé.

Papier un. J'ai lu :
« Je sais pas, j'ai pas d'idée. On pourrait faire des crêpes. »

Ça démarrait sur les chapeaux de roues. J'ai dit « Pourquoi pas ? ». Maman était rouge écarlate, elle avait fait ce qu'elle avait pu.

Papier deux. J'ai lu :
« On pourrait faire un concours de poésie, ou alors créer une sorte de café philosophique proposant quelques heures de discussions quotidiennes autour de thèmes importants. Il m'est aussi d'avis que tous ces jeunes gens pourraient retrouver le goût de la vie en interprétant des œuvres de Beckett. *En attendant Godot* par exemple… C'est à la fois fantaisiste et profond, ça ouvre des portes, et ils ont besoin d'air. J'ai l'habitude de signer mes papiers. Je ne déroge pas ici à cette règle de conduite. Virginia. »

Elle pérorait cette morue.

J'ai juste dit « On voit toutes les réponses, et on en reparle ? ».

Papier trois. J'ai lu :
« Celui qui lit ce papier a une haleine de cheval ! »

Le rire de Darius a déchiré la pièce. Il était complètement demeuré, le pauvre vieux. « Celui qui lit est… », mais t'as quel âge, Darius ? Son fou rire a été assez communicatif. D'abord, il a saisi Charcot, puis Maman, puis Virginia, puis Moïse. La dame allemande et Richard n'ont pas tenu longtemps non plus. Et moi, même si j'étais atterré, j'ai fini par pisser dans mon froc comme tout le monde. On s'est tordu comme ça pendant vingt minutes, on a pleuré comme des éponges et supporté les crampes au bide. Une fois calmés, on est allés se changer et on a repris les réponses… On avait bien ri, mais j'étais quand même pas aidé, fallait reconnaître.

Bon, alors… Papier quatre. « Un tournoi de soccer ». Papier cinq. « Un concours d'imitation d'animaux ». Papier six. « Atelier broderie ». Papier sept. « Rien ».

Super : que des idées à la con. On en a reparlé tous ensemble. Chacun pouvait s'atteler à son projet en solo bien sûr, mais il fallait sélectionner celui qui semblait le plus fédérateur. À l'unanimité on a voté pour un tournoi de foot. Le soccer, ça commençait à prendre ici. Ça avait le charme de la nouveauté. Ça pouvait le faire. Et puis merde, c'était pas chiant à organiser. On a vu de suite quatre équipes :

1) Les hippies ;
2) Les flics ;
3) Les gens normaux ;
4) Nous.

On a annoncé le tournoi et, l'après-midi, on a réqui-
sitionné les terrains de tennis, enlevé les filets et fait
des mini-buts avec des packs de bibine. De chaque
côté, comme on avait pas de maillot, on a fait les
« torses nus » contre les « tee-shirts ». La formation
des équipes ça a été un sketch de toute beauté. On est
partis sur la base d'une confrontation à cinq contre cinq
avec deux remplaçants par équipe. On a laissé les
autres camps se dépatouiller. Nous, déjà, c'était pas
triste.

Je me suis nommé capitaine : j'ai pris Richard, Greg,
Darius, les deux sbires de Rebecca, Henry et Charcot.
Comme Henry n'était pas très vaillant, j'ai pris aussi
Requin. Il avait peut-être que quatre ans, mais en le
mettant dans les buts, il pourrait faire écran. On lui
mettrait un casque, on verrait bien.

On a tiré les poules.

Tableau du 1er tour :
Nous – Les gens normaux
Les flics – Les hippies

Pierre de Coubertin en voyant ça a dû faire des
triples axels dans sa tombe. On jouait sur deux terrains
parallèles, les torses nus contre les tee-shirts. Y avait
pas d'arbitre et ça a tourné à la foire. La moitié des

hippies, dont le goal, jouait à poil. À la première patate, le portier baba a fait un amorti de la bite et on a dû le sortir. De notre côté ? Waterloo…

On gagne à pile ou face la mise en jeu. Balle au centre. Coup d'envoi. Richard me passe le ballon, je me fais sécher par un gros Black. Henry, bourré, se jette dans ses pattes, se le prend dans la tête, se relève et vomit. Sortie d'Henry, coup de serpillière, entrée d'un des deux sbires. Coup franc, je prends la balle, le gros Black arrive, feinte de frappe, simulation de crochet, et il me descend. Je mords le revêtement du court de tennis, coup franc, je me relève, je passe à Charcot. Charcot part en dribble, un, deux, trois joueurs en face, il arrive devant le goal et se fait sécher par un Asiat'. OH OH OH !!!!! ON JOUE AU FOOT DANS CE PATELIN OU C'EST VERDUN ??? On cause entre les deux capitaines, on se promet de calmer le jeu. Péno. Je le tire, je mets le goal dans le vent. 1-0 pour nous. Tour de terrain de rigueur. Un peu d'arrogance. Guerre des nerfs. On y va. Ils remettent en jeu, y en a un qui touche là-dedans, ça se voit qu'il a du ballon, le con. Insaisissable, le feu follet. Je le fais marquer par un des deux sbires. Le sbire se fait balader, on dirait un cours de salsa. Le feu follet se retrouve devant nos buts, il dribble Requin et marque. 1 à 1. Mi-temps.

À la pause, je galvanise mes troupes, je dis à Charcot de muscler son jeu, sinon on va au-devant de graves problèmes. Je remonte mon sbire, lui dis de ne pas regarder les yeux du feu follet mais de rester agrippé au ballon. Je réorganise un peu le bordel en consolidant la défense. Dans le match d'à côté les hippies se font promener 4-0 par les flics. Je crains l'hécatombe.

On reprend. Enjeu pour nous, je file à Charcot. Petite combinaison marrante : Charcot-Richard-Charcot-ma pomme. Nous produisons un jeu fluide. Les lignes se répondent. Une touche de balle. Pas plus. Je me retrouve face au goal. Au lieu de tabasser comme un bourrin, je feins de tirer. Le goal se couche. Petit lob. But. 2-1 pour nous. Joie. Arrogance bis. On se tance et on y retourne. Repli en défense. Je veux un mur défensif. Je veux une citadelle imprenable. Je reste seul en attaque prêt à négocier un contre. L'équipe d'en face joue son va-tout mais le feu follet est cadré par le sbire. Ça roule. On tient. On les tient. Plus que cinq minutes. Le feu follet allume de sa moitié de terrain. Un tir propre. Richard contre le missile de la glotte et tombe comme mort. Le ballon me revient. Ces cons jouant goal volant, je n'ai plus qu'à pousser le ballon dans des cages vides. Fin du temps réglementaire. On gagne 3-1. L'autre match se finit aussi : les hippies se sont pris 6 pions, et n'en ont marqué aucun. Après un tour d'honneur largement mérité, je vais voir Nick, leur capitaine.

— Nick ?
— Ouais ?
— Vous avez perdu, c'est pas une raison pour aller se flinguer… Je ne veux plus voir un seul macchabée, sinon je serai contraint de vous foutre dehors. Un suicidé de plus, et tout le monde plie ses gaules. Je me suis bien fait comprendre ?
— Oui, mais…

187

— Y a pas de mais, Nick, vous foutez une ambiance dégueulasse à mourir pour un oui pour un non. Si tout le monde faisait pareil, ce serait pas le souk ici, peut-être ? Je trouve ça moyennement poli et je ne suis pas le seul à le penser. Alors on arrête. On se plie en quatre pour vous changer les idées, et tout le pays se fout de notre gueule. Stop. Je dis stop. Halte-là, Nick, c'est plus possible.

— Oui, mais…

— Y a pas de mais ! Ce soir, on refait cinoche. Qu'est-ce qui vous ferait plaisir ?

— Un film avec de la musique ?

— De la musique ? OK, je me débrouille. Et jette un œil à ton troupeau de suicidaires. Promis ?

— Oui, mais…

— Y a pas de mais, Nick !

Et je suis parti. Putain, fallait être ferme avec ce genre d'oiseau.

On allait jouer la finale. Je suis allé voir mes troupes. Dans notre camp, chacun avait sa petite gonzesse désormais : Charcot frimait auprès de Virginia, Richard se faisait massouiller la glotte par la commerçante allemande, Marteau grattait les cheveux de Requin en suçotant une coquille de moule et les deux sbires se papouillaient. Et moi je sentais le gaz ?

J'ai fait un petit brief. J'avais perdu le toast. Ça allait être à nous de jouer torse nu. Ça arrangeait pas Charcot qui n'aimait pas ses seins de vieux. J'ai cadré tout le monde en disant que c'était un détail, et qu'en plus ça avait un avantage assez considérable : ils ne pourraient pas nous accrocher par le maillot. Fallait juste qu'on reste solidaires et on avait toutes nos chances. Un roc. Je voulais un roc. J'étais assis par terre en train de dessiner des schémas de jeu dans le sable, quand des mains ont commencé à titiller mes trapèzes. Je me suis retourné : au bout des mains il y avait Rebecca.

Chouette.

L'heure de la finale approchait, je gérerai cet afflux de tendresse plus tard. Y avait un de ces mondes autour du tennis ! Bien mille personnes, au bas mot… Les gens y étaient allés de leur banderole, de leurs langues de belles-mères, ils portaient des chapeaux et tout un tas de conneries qu'on voit dans les stades, ces bétaillères à corniauds… Le public nous était majoritairement acquis. Contre des flics faut dire, c'était plus facile… Ça chantait « Qui ne saute pas est un tee-shirt ! Qui ne saute pas est un tee-shirt… »

Les équipes de TV étaient là et s'étaient dit que, tant qu'à peigner la girafe, elles pouvaient couvrir l'événement. En plus, on était tellement nuls qu'il pouvait y avoir matière à refourguer du matos à *Vidéo Gag*.

Ce battage était assez impressionnant et, dans mon équipe, les troupes étaient de fait assez impressionnées. Le trac. Charcot vomissait. Richard était blanc comme un linge. Je sentais que ça pouvait merder. Ça a pas raté.

La pudeur m'obligera à ne pas faire un compte rendu exhaustif de la partie. Je passerai sous silence l'humiliation reçue en résumant ce match à son score : Nous-0 Eux-12.

On était passés pour des peintres. La cabane était tombée sur le chien, et le chien avait agonisé dans d'atroces souffrances. Les flics fanfaronnaient et faisaient le tour du camp en portant en triomphe un trouduc qui nous avait passé 7 buts. Pas 6... Non... 7 buts... C'était un drame. On avait décidé de remettre le prix avant le début de la projection du soir. Ça allait nous laisser le temps de digérer la pilule.

J'avais causé à Greg de cette histoire de film avec de la musique. Il m'a dit qu'il avait gaulé dans son cinoche les pellicules de son cycle sur la nouvelle vague, trois ou quatre Cassavetes pour me faire plaisir, et qu'en musique, il n'avait que le concert d'Elvis à Hawaï. J'ai dit très bien...

Il était 18 heures, Rebecca entamait son direct vers 20 heures, le film pouvait débuter à 21 heures. Ce serait parfait.

Dans « Emma revient », les flics se mettaient une sacrée trempe en ingurgitant tout le champagne de la réserve. Ça y allait gaillardement sur les chansons paillardes. Quelques provocations volaient bas : au cœur des chants, on nous assimilait à des babouins culs-de-jatte. C'est dingue, l'alcool aidant, à quel point la maréchaussée peut être discourtoise. J'ai bu un coup avec eux, histoire de faire montre de fair-play, mais j'avais pas le cœur à rire. Darius et Maman en avaient plein les bottes aussi. Le bar était sale comme un peigne. Les clients étaient pas polis. Ils picolaient à crédit et à ce tarif, on risquait d'y être de notre poche. Moïse cavalait à droite, à gauche, pour servir tous ces cons. Henry biberonnait avec eux.

J'ai pris deux bouteilles de blanc que j'avais achetées à Jack. J'ai demandé à Richard si ça lui disait de venir les boire avec moi en haut de la dune, il m'a dit non, que lui restait un peu avec l'épicière. J'ai vu dans son regard que ça commençait à devenir sérieux dans son esprit. Il se disait que l'épicière avait un air de « pourquoi pas elle ? ». Elle était pas belle à tomber, mais elle avait du charme, de la bonté à revendre et une patience dont on fait les mamans.

Je suis parti seul. Le mouron venait de m'attraper, fallait lui donner du glouglou.

En haut de la dune, je me suis assis au milieu des gens. J'avais repéré Nick, qui comme moi avait envie d'être un peu peinard. Je lui ai tendu une boutanche, il a pris une sérieuse lampée et me l'a redonnée. On regardait l'Allemand. Il tournait là depuis plus d'un mois désormais. Quand est-ce que ça allait finir cette horreur ? Ça me faisait un peu penser à la petite Omaira, celle qui après un tremblement de terre s'enfonçait dans la boue sous l'œil des caméras du monde entier. J'avais le même sentiment d'inexorabilité face au Teuton.

Dans ma tronche, à chaque fois, c'était la même. Quand je me retrouvais un peu seul, je repensais à Emma. Je me demandais à l'heure qu'il était ce qu'elle était en train de faire. Si elle pensait à nous. Si quelqu'un la serrait dans ses bras, comme moi, jadis. Si ce quelqu'un lui faisait pousser des petits soupirs comme ceux qu'elle poussait quand nous nous aimions. J'aurais tout donné pour qu'elle soit là. Tout.

Avec Nick, on a tué le temps en regardant le jour tomber. On avait pas grand-chose à se dire, et de toute façon pas grand-chose à raconter. Dans sa tête il devait fleurir son petit cimetière de copains morts. Vu le nombre, y avait du boulot. La municipalité avait fait un prix de gros pour leur incinération, c'était leur premier geste et il arrivait un peu tard. On était convenus de disperser les cendres sur les dunes, le lendemain matin, en petit comité. Entre maintenant et l'heure de la cérémonie, il ne devait pas avoir envie de se répandre en paroles. Moi non plus. En silence, les yeux braqués sur le grand large, on a fini la bouteille. Richard et l'épicière nous ont rejoints les bras chargés de munitions. La dame avait préparé des bretzels, et Richard des verres.

Comme depuis des jours, Rebecca a fait son direct en ouverture de JT sur la foule de curieux qui avait encore grossi.

Moïse a remis le prix à des flics avinés. L'indécence de leur joie me dégoûtait.

L'Allemand a prononcé un dernier « Fridafridafri-dafrida… », puis s'est écroulé dans le sable.

Greg a commencé la projo à l'heure prévue. Sur écran géant, Elvis se déhanchait gras comme un loukoum dans une chemise bariolée, le pantalon pattes d'éph' au bord du craquage. Des petits groupes de danseurs s'étaient formés, mettant un peu de vie dans cette atmosphère de deuil. Darius faisait tournicoter Maman tout près des enceintes, lui le plus grand fan d'Elvis après Priscilla Presley était à la fête. Pour une personne ne le connaissant pas, il pouvait passer pour la dernière des folles en train de s'autoérotiser, c'était le cadet de ses soucis. Allez, rock it, Darius !

Autour de nous, le cercle s'était agrandi, Charcot et madame, Moïse, les deux sbires, Rebecca… Elle était collée contre moi. J'adorais cette fille, ou disons qu'elle m'attirait. Sur *My Way*, sa tête est tombée sur mon épaule, sur *I'm So Lonesome I Could Cry*, sa main a pris la mienne, sur *I Can't Stop Loving You*, mes doigts se sont glissés dans ses cheveux, sur *Suspicious Minds*, elle m'a embrassé, et sur *Can't Help Falling in Love*, elle m'a demandé de la rejoindre dans son bungalow. Ce coup-ci, elle n'a même pas prétexté le champagne… J'ai bu un dernier verre. Je regardais Richard et sa copine s'enlacer tendrement. Nick et Moïse auraient bien pris un peu de tendresse aussi, s'il y avait eu du rab… Nick a présenté une hippie à Moïse, il m'a expliqué que le frère de la môme était sourd-muet, et que du coup elle connaissait le langage des signes. Ils ont commencé à bavarder en relief. Moïse avait l'air tout content de piger ce qu'elle racontait. Ça pouvait peut-être le faire.

Sandpiper sombrait dans une version éthylique de *Tournez manège* et c'était très bien comme ça.

Je me suis levé pour aller rejoindre Rebecca dans mon ancien « Chez nous ». Je savais ce qui m'attendait là-bas. J'allais reproduire avec une des plus belles filles de la terre des gestes que je n'aurais plus jamais avec Emma.

En entrant dans « Pieuvre », la lumière était tamisée, elle m'attendait en déshabillé, un verre de champagne à la main. Un rêve érotique flou et gnangnan à la David Hamilton me tendait les bras.

Elle s'est blottie contre moi en me mordillant le lobe. J'avais tout pour être heureux. Je ne le serais plus. La chair est triste hélas, et il me faudrait apprendre à jouir en pleurant.

Préparez vos mouchoirs.

Aorte

Dans le cœur d'Emma, j'ai de sérieux problèmes de voisinage, je vais pas tarder à écrire au syndic, moi, si ça continue. La petite maison de charme dont on m'avait vanté les mérites était censée ne revenir qu'à moi. On pouvait pas dire que ça respectait le contrat. Loin de là, même. Le voisin – que je ne voyais jamais – n'arrêtait pas de foutre la zone. Dans le ventre d'Emma, j'étais désormais devenu persona non grata. *Manquait plus que ça, tiens… Sur le palier commun : des jouets, des couches, des babioles, des tas de saloperies s'accumulaient. Tout ça commençait à sérieusement me courir sur l'aorte. Je savais pas quoi faire. À travers les yeux d'Emma, je la voyais se dorloter, se coiffer, mais je ne la voyais jamais croiser d'autres personnes. Tout ça me laissait pour le moins perplexe.*

Et là, je me réveille.

Rebecca dort contre mon épaule, elle a le visage apaisé.

Elle a bien de la chance.

Rest in peace

*On perd la plus grande partie de sa jeunesse à
coups de maladresse.*

Louis-Ferdinand Céline

Le lendemain matin, sur une dune à l'écart de la
meute, j'avais Rebecca à mon bras et la gorge nouée.
La cérémonie d'adieu était assez belle. Elle s'est
déroulée en comité restreint. Vingt-sept urnes se sont
ouvertes simultanément, libérant dans les embruns
vingt-sept âmes d'ados. Le vent a pris possession
d'eux, les dispersant au loin, entremêlant leurs restes
dans un ultime élan communautariste. Trois gamines
chantaient *Summertime* en s'accompagnant du gling-
gling désaccordé de leurs guitares. Nick alignait les
prénoms des mômes, en faisant attention à laisser suffi-
samment de temps entre chaque patronyme pour
permettre à chacun d'isoler une pensée.

Le recueillement était là.

C'était déjà pas si mal.

Rebecca et moi avions interdit les caméras. Fallait interrompre ces conneries de médias deux secondes. Un peu de mansuétude, bordel !

On n'a pas vu la tronche d'un seul membre de leurs familles. Les gamins faisaient depuis longtemps partie sans le savoir d'une resucée du « Never Neverland ». Ultimes rejetons de sir James Matthew Barrie, ils vivaient sous le spectre de Peter Pan et menaient une vie entièrement dédiée au refus de grandir. L'Allemand ne portait pas de chausses pointues, pas de chapeau de feutrine et pas de collants verts. Il n'avait jamais survolé Londres et sa banlieue crasse, et s'il succombait au chant des sirènes, il ne mesurait pas sa portée. Il avait incarné à leurs yeux une vague idée de liberté jusqu'au-boutiste qui leur avait donné des envies d'ailleurs et il avait été le détonateur de ce gâchis.

J'avais JFK le pélican assis à mes pieds. Il était pas si con, il avait bien compris que là il était chaudement recommandé de ne pas l'ouvrir. Tandis que l'assistance larmoyait peinard, je m'épanchais en solo sur la futilité de ma vie, et maudissais mes propres résignations, en sachant très bien que celles-ci ne nourriraient jamais rien d'autre que mes ulcères.

Rebecca m'a alors pincé le bras et, d'un signe de tête, m'a conseillé de regarder derrière nous.

En me retournant, j'ai vu une rousse. Une femme rousse, ou du moins une chose rousse agrippée au bras peu assuré d'Henry. La décrire nécessiterait le talent d'un expert au *National Geographic*, celui d'un scientifique ayant dédié sa vie à l'étude d'espèces croisant dans les grands fonds marins. Il faudrait posséder le pouvoir d'évocation d'un homme fasciné par ces animaux oubliés par Darwin, ces créatures, croisements improbables entre un mérou et Michael Jackson, que même Jules Verne se refusait à imaginer…

En dépit de l'absence de bagage scientifique, hasardons-nous.

Elle était rousse, donc. La peau de son visage était tirée en arrière jusqu'à un point critique. Des chirurgiens avaient tant forcé sur l'élasticité de sa peau que cette femme devait désormais avoir des racines de cheveux jusqu'à la troisième lombaire. Sous les lèvres s'étaient greffées deux chrysalides de papillons énormes. Son nez se résumait à une épine barrant son visage. Il avait pour base deux narines inertes. Des yeux bleu turquoise éclairaient son fond de teint appliqué au laser sur des joues mortes. Son cou sans ride reposait sur deux prothèses mammaires énormes.

Elle portait fourrures et talons hauts.
Ça faisait flipper sérieux, une dégaine pareille.

Rebecca aussi avait capté le monstre. C'était la mère de John Merrick, cette femme ? C'était Godzilla ? C'était E.T. ? J'aurais aimé que ma nouvelle amante connaisse un peu plus la France et ses travers, je lui aurais dit « Pas de stress, c'est Régine », et on aurait bien rigolé.

J'ai compris assez vite que ce truc, c'était Paris, la femme d'Henry. Cette sombre salope qui s'était barrée depuis des semaines sans laisser d'adresse, laissant très généreusement son mari se démerder avec ce chantier sans borne. Elle était passée où, cette connasse ? Revenir le jour de la cérémonie funéraire des ados, la gueule enfarinée et refaite du sol au plafond, fallait un certain cran...

Rebecca me connaissait depuis peu mais elle sentait déjà que la colère montait. J'avais envie de terminer le portrait de Paris à coups de saton. Qu'elle essaie juste d'esquiver l'ombre d'un début de reproches, le commencement d'un bourgeon de remarques, et elle retournait dare-dare d'où elle venait : au service chirurgie plastique.

En fin de cérémonie, Nick a suggéré une minute de silence. Elle ne fut perturbée que par le chant des mouettes et par les pleurs des gamins. J'ai peiné aussi à refréner les sanglots qui irritaient ma gorge. J'étais partiellement responsable de tout ça, je le savais. Responsable mais pas coupable. Une lâcheté en valant une autre, je m'étais fait à cette idée, même si au fond de moi je savais très bien que c'était balivernes et compagnie.

On s'est tous retrouvés pour boire un café à « Emma revient ». Je me suis assis à côté du homard tricentenaire et sous le dauphin empaillé. Rebecca était assise en face de moi et jouait avec mes pieds. Elle avait l'air d'y trouver son compte. Moi moyen. L'amour était mort avec le départ d'Emma, et pour rallumer la flamme, il fallait avoir au minimum Vulcain comme grand-père. On s'était pas emmerdés la nuit précédente, ça avait plutôt été flamboyant pour être honnête. J'avais mené à bien l'opération par trois fois. Et franchement trois fois, bourré comme une cantine, c'était pas mal. Mais j'avais pas la tête à ça. Oh putain, non…

Je regardais faire l'autre retapée derrière le comptoir. Elle épaulait Darius qui ne lui avait rien demandé, et qui n'aurait pas été beaucoup plus désagréable s'il avait su qu'elle était maquerelle pédophile. Elle se dépêtrait avec les boissons chaudes comme un autiste à Questions pour un champion. De son côté, le pauvre Henry sirotait une bouteille de pinard en la regardant faire. Impossible qu'il la reconnaisse. Elle était partie, c'était une femme ; elle revenait c'était Alien. J'ai planté Rebecca et je suis allé boire en silence avec lui. À un moment, Paris nous a rejoints.

— Bonjour, elle a fait.
— Bonjour, j'ai dit.
— Merci, elle a dit.
— Pardon ? j'ai fait.
— Merci pour le coup de main. Merci d'avoir aidé Henry. Merci.
— Si je réponds « Je m'en carre de vos mercis », j'ai l'air vulgaire ?
— Je…
— C'est minable votre attitude. On a tous failli crever ici, dans VOTRE camp. Vous étiez où ?
— Je…
— Vous revenez maquillée comme une grande brûlée, avec l'air de celle qui tutoie les Kennedy, et

200

vous me dites merci ? Vous avez pas été faite sur un guide du savoir-vivre, vous…

— Je…

— Je m'en fous, moi, de vos excuses. Tout comme je me fous de vos opérations. J'ai un pote, ici, et mon pote c'est Henry. Et Henry, il a pris dans la gueule au moins autant que vous, sauf que lui, c'était gratos. Vous lui avez présenté vos excuses à lui ?

— Je…

— Arrêtez avec vos « je », sinon, ça part. Considérez ça comme un ultimatum. On a pas idée de se débiner comme ça. C'est de l'amour à la petite semaine que vous lui donnez à cet homme, et moi dans ce domaine, les choses à moitié faites, ça me fait dresser les poils.

— J'étais complexée par mon physique et j'ai pris la décision de me prendre en mains. Le résultat me plaît.

— M'en tamponne. Occupez-vous d'Henry, c'est tout ce qu'on vous demande.

Je suis parti. Rebecca au loin m'avait regardé apostropher la petite dame, et d'aussi loin que je sais lire dans les yeux, je voyais dans les siens une pointe de fierté. Richard aussi riait sous cape. Et Charcot. Et Moïse aussi.

Carton plein du côté de mes copains. Youpi.

Henry, lui, n'en finissait plus de picoler. Ça lui passerait sans doute. Avec le temps, des bonbons à la menthe, et des sodas sans sucre. Avec de la tendresse, et quand les choses reviendront au calme. Il n'était pas né pour boire, ça se voyait ; peut-être que dans quelques années ce ne serait plus l'alcool qui lui manquerait mais le souvenir de l'ivresse.

Sans doute même… Je sais de quoi on parle quand on parle de ça. Parole.

Nick est venu me voir :

— Il fait chaud.

— Oui, c'est dingue, en novembre, 27°, c'est très louche.

— Mes amis et moi voulions savoir si vous trouve- riez indécent qu'on fasse un bain de minuit ce soir, après la projection du film ?

— Pas du tout. Pourquoi ?

— Pour rien, c'est un peu pour se changer les idées, un peu pour voir si la vie va, un peu pour tout ça… Et puis ce soir c'est la pleine lune, la lumière sera belle.

— T'as ma bénédiction, mon pote.

— On risque de ne pas être habillé-habillé.

— Ceux qui voudront pas voir de poils auront qu'à mettre des masques.

Il m'est tombé dans les bras en me disant : « T'es cool. » « T'es cool » en parlé jeune, ça vaut deux ou trois « Cordialement » dans la bouche de la gonzesse de Charcot.

Durant l'après-midi avec Rebecca, on a pas mal fait l'amour. Richard et sa copine, Moïse et la sienne ont dû faire de même… À la tombée du jour, je suis allé faire un tour à « Emma revient ».

Greg m'attendait :

— Pour ce soir, les *Quatre cents coups*, c'est vachement bien, non ?

— Nickel.

— Je crois que ça va coller, oui… Il y a cette fille
qui est arrivée et qui voulait te voir. Papa la fait
patienter au bar. Elle est jolie comme un cœur, t'as du
bol.

J'ai regardé du côté du bar : la petite c'était Debbie,
la môme du snack, de l'hôtel et de la partie de
gambettes avec Richard. J'ai regardé Greg, et lui ai
glissé à l'oreille :

— T'es seul, ces temps-ci, non, Greg ?

— Oui, ces temps-ci, ceux d'avant et ceux à venir,
pourquoi ?

— Cette petite, c'est de l'amour en barre,
accompagne-moi…

— T'es sûr ?

— Oui. Parle-lui cinéma. Fais comme d'hab'.
T'inquiète pas…

Je suis allé voir Debbie, je lui ai présenté mon
copain. Ça accrochait. J'ai dit « J'ai à faire », et je les ai
laissés…

Je sais pas si c'est la chaleur, l'été indien ou la mort
qui avaient donné des envies de vie à tout le monde
mais, depuis quelques jours, ça copulait à couilles
rabattues à chaque coin du camp. Le direct de Rebecca
commençait dans une heure, j'avais encore le temps de
lui faire comprendre à coups de reins que je tenais
beaucoup à elle.

La projection était démente. Il est fort ce Truffaut. À la toute fin, le visage de Doinel se fige face à la mer. J'ai demandé à Greg de rester sur cette image. C'est le moment où les chevelus ont entamé le bain de minuit. On s'est tous gaillardement retrouvés à baguenauder à poil comme de subtils petits angelots. Avec la mer normande et Doinel sur écran géant. On était quelques centaines. Des jeunes, des vieux, des réacs, des hippies… C'était chouette. Rebecca était restée dans mon nouveau « Chez nous ».

Je me suis séché. J'ai embrassé pas mal de gens et je suis rentré à « Pieuvre ». Rebecca somnolait, je lui ai caressé les cheveux, les hormones ont fait le reste.

En les remerciant.

Un château de sable

L'amour non partagé est une hémorragie.
Michel Houellebecq

Au réveil, je me sentais atrocement absent. Étranger à moi-même et super pas bien… Je connaissais cette sensation par cœur, et c'était chez moi les signes avant-coureurs d'une crise d'angoisse carabinée. J'avais Rebecca collée contre moi. C'était une nouvelle coutume à laquelle je ne me faisais pas. Je l'ai regardée dans son sommeil : ses yeux fermés, son souffle régulier, ses mèches de cheveux agitées par soubresauts, la sérénité qu'elle dégageait… On dit « dormir comme un bébé », non ? C'était ça… J'ai contemplé son visage de madone. J'ai soulevé les draps pour voir son corps. J'ai lu la rondeur de ses seins, vu son ventre et son sexe, la courbe de ses cuisses et de ses mollets…

Ça ne m'a rien fait.

Rien.

Après le coup de foudre, le tonnerre sonnait creux. Qu'est-ce qui se tramait, là ? Y a quelqu'un en moi ? Allô ?

J'ai vu trouble.

Et puis…

Question : « Qu'est-ce que je fous là ? »
Réponse : « Des châteaux de sable sur un tas de cons. »

Cette femme n'était pas la mienne, cette maison n'en était pas une, mes préoccupations ne m'appartenaient pas. Un doute existentiel me tombait sur le paletot. Il avait la démesure de l'absurde. Le ridicule de ma situation me plantait un couteau en pleine poitrine. J'avais la respiration bloquée. Une putain de douleur me faisait zigzaguer à cloche-pied au bord du gouffre. Merci du cadeau. Faut comprendre le choc.

L'angoisse.

Je tremblais. C'est dingue à dire, mais je grelottais. J'avais pas froid pourtant, j'étais juste terrorisé. Et trempé de sueur. Je me suis levé, me suis rhabillé et je suis parti. J'ai fui. J'ai couru sur le chemin menant aux barrières d'entrée du camp. Je les ai franchies. Je desserrais l'étau de Sandpiper. J'avais envie que tout ça cesse. Marre de l'Allemand, marre des hippies, marre de Rebecca. Je voulais quitter cet endroit et rentrer chez moi. Juste ça, mais vite.

DE L'AIR, BORDEL !!!!!!!!!!

J'ai marché le long de la route déserte. Je titubais sans être ivre. J'avais peur de me jeter sous une bagnole sans m'en rendre compte. Je ne me reconnaissais plus. J'ai fait du stop. J'ai trouvé une voiture. Au bout de longtemps. Je suis monté dedans. Le chauffeur avait une moustache. Ou pas. Je sais pas. Il était peut-être grand. Sans doute petit. Black ou blanc, je ne m'en souviens plus. Le chauffeur ne passait pas devant l'arrêt de bus. Je me suis fait déposer à dix minutes de la gare ferroviaire. J'ai consulté les horaires. Le prochain train était dans une heure. J'ai acheté un billet et attendu. J'ai bu un café et fumé une cigarette. Et puis une autre cigarette, et un autre café. J'ai arpenté le hall de la gare. Mon cœur battait à vitesse supersonique. J'allais crever. Je suis monté dans une voiture quasi vide, ai pris une place au hasard. J'ai regardé défiler les paysages. J'ai regardé le visage des gens moitié assoupi, moitié mort. J'ai pas pensé. Fallait pas. Au nom de mon bled beuglé dans une sono dégueulasse, je suis descendu du train.

Ouverture porte.
Deux marches.
Un quai.
Un hall.

Je suis sorti de la gare. J'ai encore marché. J'ai traversé mon trou à rats comme un zombie. J'étais une marionnette manipulée par le vide. Les rues me parlaient mais ne me disaient plus rien. J'ai reconnu le chemin à l'instinct.

J'ai trouvé les clés de mon appart je sais pas où, au fond de je ne sais quelle poche. J'ai ouvert la porte de l'immeuble. J'ai grimpé les escaliers. J'ai ouvert la porte d'entrée, allumé la lumière puis me suis écroulé sur mon lit. Je me suis effondré. La crise d'angoisse n'avait cessé de monter durant toute la journée. J'étais épuisé. J'ai pleuré longtemps. Les sanglots sont devenus des convulsions. J'avais chaud. J'avais mal au ventre. J'avais mal aux joues, mal au cœur. Mal. Je me suis mis en position fœtale. J'ai un peu geint. Le temps s'est arrêté. J'ai plus pensé. J'ai laissé mes nerfs craquer. Ça a duré des heures peut-être. Les bras autour des tibias et les genoux collés au visage. Le jour tombait. Sur l'oreiller détrempé de larmes, je me suis endormi sous la photo de Sinatra, sous la photo d'Emma et moi, pas très loin des plaques électriques.

J'étais comme évanoui.

Comme KO.

La vie était morte.

Bienvenue à la maison.

Je marque à mort

Je marque à mort. On me touche, j'ai un hématome. Je me cogne et vlan, un bleu. Dans le cœur c'est pareil, je marque à mort. Un cœur brisé plein de bleus, c'est mon cœur à moi. C'est pas de la faïence, c'est autre chose. J'ai plus tellement envie. J'ai plus envie du tout même, pour être honnête. Tout ça me pèse. Mais peser c'est autre chose, alors…

Elle est où Emma ? Elle est partie.

T'es où ? C'est qui, qui te fait l'amour ? C'est qui ? C'est comment, les bras des autres ? C'est plus chaud ou moins chaud ? C'est plus fort ? Moins fort ? C'est comment ? Ils te tirent les cheveux, parfois ? Tu leur dis « Je t'aime » à l'oreille, aussi ? Tu dis quoi ? Et à qui ? Et quand ? Et où ? Ça me donne le vertige tout ça, c'est trop haut pour moi.

La vache…

C'est dur quand même.

Je pourrais faire sans toi. C'est sûr. Je peux me mentir assez longtemps. Mentir, je sais faire. Ne pas penser à toi, c'est autre chose. Je suis mort, putain, tu te rends compte ? Je suis mort… Toutes ces expériences pour en arriver là… Tout ça pour ça. C'est fou. Mort et vivant. À la fois. C'est barjot. C'est des coups à pas renaître. Mais renaître c'est autre chose.

Alors…

T'es où, Emma. T'es où ?

Je t'en veux pas de tout ça. S'en vouloir, c'est autre chose. J'aimerais juste savoir comment tu vas, comment tu te sens et si tu es bien dans tes pompes. Je reprendrais bien un peu de quotidien. J'aimerais te voir te laver. T'entendre fredonner l'infredonnable, toutes tes chansons pourries, faire tes imitations à la con et rire. Rire. C'est ça. C'était bien ça.

Une vie sans toi, ça risque d'être un peu long. Pas beaucoup plus qu'une éternité, mais pas beaucoup moins non plus. Ceci dit, la vie c'est autre chose. Alors…

C'est moche. Tout ça, c'est moche. J'ai une sacrée envie de poser les gants et de dire stop. Ça a la gueule d'une complainte, tout ça. Faut pas m'en vouloir. Je marque à mort. À mort.

C'est dingue d'être aussi triste. J'ai pas de talent pour le malheur. Pour le bonheur non plus, peut-être. J'ai pas eu le talent de te garder. J'ai pas su. Mais je pensais pas en baver comme ça un jour. Je trouve que ça fait beaucoup d'un coup. L'amour ? Nous deux ? J'avais pas vu ça comme ça, moi. Pas du tout.

Je sais pas si je pourrais continuer longtemps. Il a plu des suicides autour de moi ces dernières semaines. Je sais toujours pas comment j'ai réussi à passer entre les gouttes, mais là, va peut-être falloir me donner un coup de main, Emma, parce que je n'y arriverai pas tout seul.

Plus de Sandpiper. Plus d'Allemand. Plus de babas cool. Plus de Rebecca.

Et plus de moi.

Autre chose.

C'est ça…

Passer à autre chose…

Back dans les bacs

Je me suis réveillé dans un champ de ruines. La crise était passée. J'avais un tas de courrier haut comme ça, et à vue de nez, plus rien à bouffer, ni rien de propre à me mettre. Mon appart était dégueulasse, et je ne savais pas trop bien ce que je foutais là. J'avais pas la moindre envie de me mettre au rangement. Pas du tout. Je suis sorti, il était huit heures et quelque du matin. Je suis allé dans un café. J'en ai bu un. Fallait se calmer et tout remettre à plat.

La crise était passée. Je ne me souviens pas d'en avoir vécu d'aussi sévères. Je savais qu'elle venait de ce que j'avais traversé dans le camp. C'était Sandpiper ou moi, ce serait moi. Désolé.

J'ai remis la main sur quelques neurones et j'ai un peu réfléchi.

Bien sûr Emma, et puis évidemment Rebecca. C'est certain Sandpiper, et je ne parle pas de mes poteaux que j'ai laissés tomber comme des slips sales. Tout ça c'était coton, mais le premier truc à régler, c'était le taf chez les Kurosawa. Côté pognon, le panneau DANGER RED ALERT DANGER turbinait vélocement… Je les avais super-bien plantés, et j'avais besoin de ronds. Je suis sorti, j'ai acheté des fleurs et je suis reparti vers le pressing. Y avait pas de débouchés professionnels pour un mec comme moi. Pas d'espoir. Si je paumais mon boulot, je gagnais le pompon. Fallait jouer serré.

J'ai ouvert la porte du pressing. J'ai dit bonjour aux Kurosawa, donné les fleurs à la dame. Ils m'ont fait un signe de la tête, et je me suis remis derrière ma planche à repasser. Voilà, ça s'est passé comme ça, c'est tout. Pas plus d'explications. Rien. Je m'étais barré pendant des semaines, ils ne m'ont pas fait de commentaires. L'Asiatique sait de quel bois la pudeur se chauffe. Que Bouddha le garde.

J'avais un peu perdu la main, mais ça allait. Me remettre à nettoyer avait un côté structurant, un peu comme un lavage de cerveau. Ça revenait vite : fer à vapeur, presse, option « soigné », ou « haute qualité », un peu de cellophane, et le tour était joué. J'aimais bien l'odeur de linge chaud. Le linge est sale. Pan, deux heures après, il est propre. C'est concret. Pas plus compliqué que ça, mais ça existe. Et puis j'aime bien rentrer un peu dans l'intimité des gens aussi. Enfin pas toujours… L'habit fait pas le moine, mais faut reconnaître que les clients sont parfois un peu souillons. On a plus souvent affaire à de l'artillerie lourde qu'à de la dentelle de demoiselles. Ça sent fort un être humain, surtout les vieux. À croire qu'ils se vengent de crever. Le vieux est fourbe. Que Dieu le prenne.

La journée s'est passée sans heurt ni violence. À midi, à l'heure de la pause, je suis allé manger un hot-dog à côté du magasin. Je me suis installé seul à une table du fond. Dans un coin du snack, la télé diffusait le JT. Rebecca ouvrait le bal en décrivant la situation à Sandpiper. Elle avait les traits un peu marqués et sa coiffure n'était pas aussi parfaite que d'habitude. Une ou deux mèches folles battaient au vent... J'ai préféré ne pas m'imaginer que ces négligences pouvaient être liées à mon départ.

Le sujet débutait par un panoramique sur « Emma revient ». J'ai reconnu Nick, et puis Darius. J'ai vu Henry avachi dans un coin. Dans le ciel JFK faisait des ellipses assez chouettes. Le thème de son reportage était la naissance d'un enfant dans le camp. Une baba cool dont j'ignorais tout avait décidé de mettre bas à Sandpiper. Drôle d'idée. C'est pas croyable à quel point je m'en foutais. La nouvelle maman aurait pu avoir une portée de bergers allemands en lieu et place de son rejeton que ça ne m'aurait pas plus touché.

Fallait que je coupe les ponts avec les barges. *So long* les dégénérés...

À 18 heures, le pressing fermait. J'ai dit au revoir. Monsieur Kurosawa m'a interpellé.

— Demain, vous dînez pour manger chez nous.
— OK, monsieur Kurosawa. C'est gentil.
— 20 h 30 ?
— D'accord, à demain matin...

Il était 18 h 04 et j'avais rien à faire. Mon agenda était vide. Au moins autant que mon carnet d'adresses, et presque autant que mon larfeuille. Ça allait la teuf, la nouba, ce soir… J'ai fait mes fonds de poches, en cherchant bien, j'avais largement de quoi m'alcooliser peinard jusqu'au coma, et finir les papattes en l'air dans mon pajot.

J'ai recensé les endroits où j'étais pas black-listé. Darius fermé, ça laissait pas des masses de solutions. J'ai pris le premier estaminet ouvert sur ma route. Celui-ci ou un autre… J'avais pour motivation la quête de la cuite ultime. Celle qui monte comme un orgasme et qui se finit la gueule dans les chiottes. Je connaissais la marche à suivre, j'étais pas plus inquiet que ça…

À 20 heures et quelque, du haut de mon tabouret de bar, je naviguais en père peinard du côté de la cirrhosie. J'avais la bouche pâteuse et mon champ de vision s'assimilait à un trou de pine. J'avais trouvé un homme de bar. Un esthète du cru. Un gars solide et fiable. Il m'avait vu à la TV. Apparemment j'avais été interviewé par Rebecca. Je m'en souvenais qu'à moitié de ce truc-là… Mais bon, disons qu'il m'avait vu, et que ça suffisait à justifier un nombre significatif de tournées gratos. Au bout d'un moment il a chu. Il est tombé comme un gros flocon de neige bourré et personne n'a songé à le relever.

Dans le rade, le barman s'est mis à siffler *I Miss You*. J'ai embrayé en bavant dans ma barbe : *I Miss You*, c'est de la merde, et *Hot Stuff* aussi. Je rêve que je suis Brian Jones pour avoir le plaisir de contempler tous ces cons foutre ma légende en l'air… Lui, il a sa place au paradis, il doit jouer du sitar à saint Pierre, fait pas chier les gens, Brian. C'est un gars bien. C'est sûr et certain, ça. Sûr et certain. Ceux qui sont encore sur terre, par contre, ben alors là pardon, c'est juste des fumiers de louveteaux qui regardent le camp de scouts se barrer en fumée, sans bouger leur putain de petit doigt… Mick et Keith, les gars, sérieux, se changer le sang en Suisse et pondre ça ?! Putain, Mick, faut un certain aplomb, quand même… *I Miss You*, Keith, tu te rends compte ?!

Ceci dit, au fond de moi, j'avais pas beaucoup plus de haine contre eux que j'en avais contre moi-même. Fallait dire qu'en termes de bons copains, depuis le temps, moi et moi-même, on faisait une fière équipe…

Je me suis retrouvé seul avec le siffleur :

— Peux vous appeler Darius ?

— Non.

— Pour 10 dollars, je peux vous appeler Darius ?

— OK.

— Ça va pas fort, mon Darius… On joue à « Tu préfères » ?

— C'est le jeu d'avec mon copain Greg.

— …

— Tu préfères jouer avec un pélican, ou avoir des hémorroïdes ?

— …

— Perdu ! Tu préfères voir des mômes se suicider, ou manger sept kilos de donuts en une heure ?

— …

— Encore perdu ! T'es nul, mon pauvre Darius… Tu préfères moisir ici toute ta vie, ou te taper une bléno purulente ?

Etc. Etc. Etc. Je l'ai fait chier une heure. J'ai terminé par :

— Tu préfères que ta femme me suce, ou que je l'enfile ?

Il a enfin réagi. Il a dit :

— Tu préfères que je te file une mandale de la main gauche, ou une tarte de la main droite ?

— T'es droitier ou gaucher ?

— Gaucher.

— Partons pour une tarte, alors…

Il m'a mis une telle mornifle que j'ai décollé de mon tabouret. Je me suis relevé tant bien que mal, j'ai dit « Au revoir, monsieur. Merci pour cette agréable soirée », et je me suis tiré en massant mon condyle.

Le lendemain chez les Kurosawa, ma pomme, on aurait dit un Malabar bi-goût : une joue violette et une joue verte. Trop craquant. Putain, j'avais mal. L'odeur de la lessive allait me faire gerber. C'est pas vrai comment c'est poisseux tous ces produits. J'avais envie d'être ailleurs. Loin. J'ai un truc infaillible dans ces cas-là : je me mets en pilote automatique, je pense à autre chose et j'attends que ça passe.

Je me dis que je suis allongé dans une prairie où la verdure règne en maître. Au loin des biches se pourlèchent en bonnes camarades, des oiseaux sifflotent *Love in Vain*, et j'ai pas mal à la gueule… Ou, alors que je suis avec Cindy Crawford, elle me trouve trop sympa, elle est dingue de moi, elle ouvre la porte du pressing, elle me dit « Viens mon amour, prends-moi comme une dingue maintenant tout de suite, là, sur ta planche à repasser »… Ou alors, je suis face à Jay-Z, qui fait chier une vieille unijambiste. Je prends la défense de l'infirme, et je corrige ce con en lui faisant promettre de ne plus recommencer. Je reçois une médaille. J'assure… Ou alors, je gagne l'US Open 6-1/6-0/6-0 face à Agassi… Ou alors…

Et hop, il est midi et la matinée est morte. Je suis trop fort…

Je retourne bouffer au snack. Un hamburger. Une bière. Je me recoltine le JT. Rebecca ouvre de nouveau le bal. Elle a l'air encore plus d'équerre qu'hier… Du côté de l'Allemand ça tournicote gaillardement. En termes de sujet, par contre, ça s'épuise : trois minutes sur l'anniversaire de Moïse. N'importe quoi ; on touche le fond. Ceci dit ça me permet de constater à quel point mes copains du camp sont cons. Pour l'anniversaire de Moïse, donc, qui, rappelons-le, est muet, ils ont trouvé le moyen de lui offrir un chien d'aveugle. Les abrutis… Une chienne labrador beige. À l'antenne, Rebecca explique qu'elle a été achetée à l'association *Mes yeux ont quatre pattes*, et qu'elle s'appelle Vodka.

La détresse.

Je suis retourné au boulot, et j'ai mis la même punition à l'après-midi. J'ai pensé à la vie, à la mort, à Greg, à Christina Aguilera, à mon père, à ma mère, à l'absence remarquable de frères et de sœurs ; j'ai récité mentalement des vieilles recettes de cuisine françaises (rôti de porc à la bière, dorade en croûte de sel, crème pâtissière maison…). J'ai divagué sur John Cassavetes, sur Keith et Mick, sur le con de barman d'hier soir, sur Emma… Et avec tout ça, on est vite arrivé à 18 heures.

J'ai quitté le magasin à 18 h 03. J'étais dehors, j'avais le dîner à 20 h 30, et je ne savais pas quoi foutre. Je suis allé me balader du côté du foyer des Chicanos. Peut-être qu'en bons voisins, ils auraient des infos sur Emma… Peut-être pas.

La ville était terne, l'hiver n'arrangeait pas les choses. On aurait dit le décor raté d'un *Twin Peaks* du pauvre. Le vent soulevait un peu la poussière, les vieux poireautaient sur le pas de leur porte, les mômes jouaient au ballon sans trop de conviction et les chiens aboyaient en bâillant. Les devantures de magasins se baissaient les unes après les autres, en faisant schlaaaaaa. On aurait dit que la ville claquait des dents.

Le foyer des Chicanos puait la friture, la vieille graisse et le poisson. Un peu moins qu'en plein cagnard mais ça fouettait sévère quand même. Devant ce moche bâtiment, quelques moustachus se tapaient des canettes. Ils étaient globalement assez vieux, cradingues, et ils clopaient en meute : spontanément, on avait pas envie de leur sauter au cou pour leur faire des papouilles.

Je me suis dirigé vers un des lascars appuyés contre le mur du foyer. Le type n'était pas, à proprement parler, très gracieux. Il avait une tête ronde et d'énormes bacchantes. L'implantation de ses cheveux démarrait deux millimètres après celle de ses sourcils, réduisant à néant l'espace habituellement dédié au front... Sa chemise en lin crado était ouverte ; il en sortait des bosquets, des buissons ou des trucs touffus dans le genre... Il était la preuve vivante que l'évolution de l'Homme avait raté quelques étapes entre l'Homo erectus et George Clooney. Il avait tout d'un animal, on aurait dit un phacochère en équilibre sur ses pattes arrière...

— Salut, mec.
— Salut, gringo.
— Un pote à moi vous avait filé du blé pour surveiller l'appartement à côté. Celui avec la fenêtre, là...
— Ouais.
— Je venais aux nouvelles.
— Hum... Il nous avait filé 10 dollars, c'est ça ?
— Il m'a rien dit. Je ne sais pas...
— Hum...
— C'était pas assez ?
— Les temps sont durs par ici...

Je leur ai tendu 20 dollars, c'est tout ce qu'il me restait.

— Elle est passée, gringo...
— Quand ?
— Deux jours après les 10 dollars.

— Pourquoi vous ne m'avez pas appelé ?

— Oublié…

— Et ?

— Elle est passée, et elle est partie.

— Seule ?

— Passée seule, partie seule…

— Et ?

— Pour 10 dollars, chez nous, on suit pas les gens, gringo, on en attend d'autres…

Si je voulais savoir comment elle était habillée, ou si elle avait l'air en forme, ça allait me coûter la bagatelle du PIB de la Floride. J'ai laissé tomber.

Emma était donc revenue seule pour mieux repartir seule. Je m'y attendais un peu mais repartie où ? Et puis comment elle était arrivée ? En taxi ? Que dalle, elle avait pas un rond. C'est moi qui raquait toujours tout… Elle avait dû prendre le train jusqu'ici, et pas payer de billet. Pourquoi pas, mais quand ? À quelle heure ? Et avec qui ?

Résumons : elle avait pris deux-trois conneries chez elle, coupé le gaz, vérifié le courrier, elle était sortie, elle avait fermé la porte à double tour, mis la clé dans son sac, et taillé la route ? OK, admettons, mais vers où ? Et pourquoi ? Et surtout vers qui ? Je ne lui connaissais personne à part moi.

Au mariage : que des potes à moi, zéro à elle… Elle voyait pas de gens, elle en appelait jamais, elle ne recevait jamais de lettres… Alors elle était partie où ? Et pourquoi, putain ? POURQUOI ? À cause d'une histoire de pingouins et de bibines ? Ça faisait léger comme raison quand même… Merde, faut pas déconner avec les raisons, sinon la justice ça devient la cabane à Mickey…

La tête pleine de questions, je me suis dirigé vers chez les Kurosawa. Ils habitaient au-dessus de leur pressing. À priori, les retrouver allait être dans mes cordes. Au fond, j'étais assez content de cette soirée. Un truc calme et apaisant, ça allait pas être du luxe… Ça allait me changer les idées de ne parler que de la pluie et du beau temps.

« Le calme après la tempête », « Après la pluie, le beau temps », « Noël au balcon, Pâques au tison », j'avais de quoi tenir ; avec Darius j'avais été à bonne école.

En trois ans de boulot chez eux, c'était la première fois qu'ils brisaient la glace. On avait dû échanger quelques millions de « Bonjour », « Ça va, madame/ monsieur Kurosawa ? », « Au revoir », « À demain »… rien de plus. Et là, ils m'invitaient. Je savais pas trop pourquoi.

J'ai grimpé les marches pour atteindre leur palier. Je me suis retrouvé devant leur porte. Elle était laquée rouge.

J'ai appuyé sur la sonnette. Ça a fait « Dring ».

Normal.

Kimono maniaque

Bon, disons que l'accueil était surprenant. J'ai rien contre le kimono. Rien du tout. Moi, le côté décadent Grand Siècle de la robe de chambre en soie, limite j'aime bien. La ceinture. Les couleurs. C'est chouette. Si, si, si… vraiment. Mais là, je m'attendais pas à ça. C'est comme les accidents de bagnole, on se dit que ça n'arrive qu'aux autres. Quand madame Kurosawa a ouvert la porte laquée rouge, les autres, c'était moi.

Elle m'a dit « Bienvenue », m'a tendu un kimono et elle a fermé la porte derrière moi. On est entrés dans une sorte de vestibule. À la droite, dans la pénombre, on distinguait les promesses d'un début de couloir. À gauche, on voyait que dalle à part un paravent. Elle m'a intimé l'ordre de me glisser derrière lui. Elle a dit « Vous tout enlever, vous mettre kimono, et vous venir ». Elle est entrée dans le couloir bizarre. Il m'inquiétait ce couloir. Il devait mener aux appartements d'un serial-killer vicelard et nippon, un spécialiste de la libido déviante, qui trippait en torturant des apprentis alcoolos.

J'allais y passer.

Je me suis désapé en me disant qu'au choix :

1) Je me barrais directement et je perdais mon boulot. Je passais mes journées à tuer le temps en me suicidant à coups de gnole.

2) Je prenais peut-être le risque de me faire ouvrir le bide par un samouraï mal luné, mais il demeurait un (faible) espoir de rester vivant. Et j'étais pas si pressé que ça de mourir.

Elle avait dit de tout enlever alors j'ai tout enlevé. J'ai même pas gardé mon calbute. J'ai mis le kimono. Il était super-court. Il ressemblait à la chasuble qu'on porte quand on fait des sports collectifs au lycée. Il me cachait à peine le bout, mais j'avais pas d'autres solutions. Il y avait des sandales en osier derrière le paravent. Je les ai chopées. J'ai traversé le vestibule en direction du couloir. J'avais pas chaud au cul. J'aurais bien pris un verre de rhum et une cigarette avant d'y passer. Le couloir était long. Et pas éclairé, et vachement vachement long en fait… Au bout de pas mal de mètres, j'ai pénétré dans le salon. Mes deux patrons étaient assis en tailleur au ras du sol, autour d'une table carrée.

Au milieu de la table, il y avait un bordel de petits gobelets, de flacons, de plats, d'assiettes, de porte-encens, de soucoupes, le tout assez petit mais en palan-quée. C'était peut-être leur réunion Tupperware à eux. Ils se sont levés dans un mouvement assez gracieux, ont fait quelques courbettes, m'ont suggéré de m'asseoir, se sont assis après de nouvelles courbettes, m'ont servi un verre sans un mot, ont levé leur verre, et m'ont fait comprendre qu'on allait trinquer…

J'étais pas méga à l'aise sur mon tabouret. Je me disais que si je faisais pas gaffe, je pouvais basculer en avant, et SURTOUT en arrière. À poil dans ce kimono, si je tombais en arrière, je me retrouvais avec les couilles sur le nez, et ça c'était pas possible. Pas ce soir. Par pitié.

D'un geste auguste, on a vidé notre canon. Leur truc c'était de l'acide pour batterie de bagnole. Mais j'ai tout avalé, et j'ai pas pleuré. Ils n'ont pas bronché non plus, sauf que ça leur a donné la jactance. D'un coup d'un seul, ils pouvaient plus s'arrêter de parler. J'avais un peu de mal à piger ce qu'ils disaient, parce que des fois il y avait trop de mots, et d'autres fois pas assez, mais à tous les coups ils étaient dans le désordre.

— On a beaucoup vu vous dans télé. C'était bien.
— Je sais pas. C'était le bordel là-bas.
— On a tout suivi, et enregistré tout. Vous bien parler.
— J'ai parlé de quoi ? Je ne m'en souviens plus trop, pour tout vous dire…
— Cassette regarder ?
— Ben oui, cassette regarder alors.

Ils avaient tout préparé. Monsieur Kurosawa s'est mis à quatre pattes près de la télé. Lui non plus ne portait pas de caleçon, et de dos, dans cette position, on entrevoyait ses bourses flapies. Il a appuyé sur la touche « play » du magnétoscope. L'image s'est mise à tourner. Après une introduction assez sommaire, Rebecca annonçait qu'elle allait interviewer le gérant du camp. C'est-à-dire moi. Sur l'écran, on avait une image fidèle de celui que j'étais à Sandpiper : sale, stressé, tendu, super-éméché, amoché, triste et pas marrant. Ça me revenait un peu les raisons qui m'avaient conduit à faire le guignol à la télé. On avait picolé sec avec les gars le jour où Jack offrait le coma éthylique du patron. Elle m'avait chopé au vol quand on allait vers la dune. J'avais voulu jouer au plus malin, j'aurais dû dire non, mais j'avais accepté. J'avais déjà une idée derrière la tête, et elle m'impressionnait beaucoup. Heureusement, c'était pas si con ce que je racontais. Je disais que l'Allemand tournait pour des raisons personnelles et qu'il n'appartenait à personne de décider de l'arrêter. C'était son propre jugement, et on le respectait. Je délirais un peu, mais, peu ou prou, mes propos se tenaient… J'en appelais de nouveau à l'aide des autorités. « Un début de flic » aurait été bienvenu. Voilà. C'était pas plus que ça.

Les Kurosawa m'ont dit qu'ils avaient tout enregistré. Tout. Et aussi tout découpé dans les magazines. La totalité.

Eux, ça les mettait en transe de parler à quelqu'un qui passait à la télé. Ça leur foutait un sacré peps. Pour fêter ça, on a rebu un godet, et puis un autre. On a grignoté des tempura, des chirashi, et d'autres trucs pas dégueus. Les Japonais, quand il s'agit de mignardises, ils font rarement les choses à moitié.

À la fin du repas, monsieur Kurosawa a proposé que sa femme me masse. J'ai accepté. Elle est passée derrière moi et m'a enlevé le kimono. Je me suis retrouvé nu. Elle m'a demandé de m'allonger sur le tatami du salon et elle s'est assise à califourchon sur mes lombaires. Elle me passait divers onguents en me parlant un peu. Elle me disait qu'elle avait compris pour mon mariage. Et que la vie continuerait, de toute façon. Que je ne devais pas m'en faire pour l'argent, qu'ils n'avaient pas d'enfants, et qu'ils étaient disposés à m'aider, et que si jamais je cherchais de quoi me faire un peu de revenus supplémentaires, ils avaient quelques tuyaux. En me dénouant les trapèzes, elle m'avouait qu'ils savaient que j'écrivais et que, contre quelques dollars, la petite communauté asiatique de mon bled et des environs serait bien contente de profiter de mes talents. Et elle la première. Je pourrais faire écrivain public en plus de petite main dans un pressing.

Je trouvais pas ça si con. Darius, au fond de moi, murmurait : « Y a pas de sot métier, vieux. »

Elle avait du savoir-faire dans les phalanges, ma patronne. Et bizarrement, je ne me sentais pas gêné de l'avoir sur le dos. Ce qui m'empêchait de vivre n'était pas d'ordre musculaire. Ce que j'avais dans le cœur, dans la gorge et dans le ventre, ce qui bloquait la vie, c'était une boule. Et contre elle, les talents de madamé

Kurosawa ne pourraient rien y faire. Elle m'a tripoté pendant une heure. Allongé à un autre bout du tatami, monsieur Kurosawa dormait. Il était assez tard. Madame Kurosawa m'a passé une dernière huile. Un truc qui sentait une fleur, comme le muguet, ou le jasmin, ou le lilas… Elle s'est relevée et j'ai compris que le massage était fini. Je me suis mis debout. J'étais nu devant elle et parfaitement détendu. J'avais sommeil. Elle m'a aidé à enfiler mon kimono, puis m'a raccompagné derrière le paravent. Je me suis habillé lentement puis je me suis dirigé vers la porte. En ouvrant, elle m'a dit :

— Moi et monsieur aimons beaucoup vous.

— C'est gentil.

— Nous savoir pour moral mauvais. Nous là.

— C'est adorable.

— Porte est ouverte toujours pour vous. Nous là.

— Je ne sais pas comment vous remercier.

— Remercier en revenant.

— Promis.

Elle m'a pris dans ses bras pour me dire au revoir. Elle était haute comme trois pommes et sa tête m'arrivait au plexus. Je voyais le haut de son crâne. Elle avait l'âge d'être ma grand-mère, et son étreinte me fit du bien.

Je dois bien reconnaître un truc : je suis sorti de là un peu KO. On ne sait jamais trop dans quels recoins se cachent les trésors d'humanité. Madame Kurosawa était un petit magot, et monsieur Kurosawa aussi. En poussant la porte de chez moi, je me disais que la vie venait de me sourire. C'était la première fois que ça m'arrivait depuis des mois.

Proverbe asiatique : « Quand la vie sourit, elle a une belle bouche. »
Je lui aurais bien fait un bisou.

Valvule gauche

Dans le cœur d'Emma on peut dire que j'ai tiré quelques problèmes au clair. Sur le pas de la porte de mon ventricule, c'était pas marqué « Bienvenue chez Ducon ». Fallait que ça se sache. Je suis allé voir ce qu'il se tramait dans le ventricule d'à côté, parce que là j'en avais ma claque. Plus possible de fermer l'œil de la nuit. Un tintamarre du feu de Dieu, une bamboula à tout péter tous les soirs. Ça pouvait plus durer.

Une nuit, je me suis réveillé hors de moi. J'ai pris une douche. J'ai enfilé un costard. J'ai mis de la gomina dans mes cheveux, allumé un cigarillo... Je voulais en imposer. Je suis sorti de chez moi. J'ai attendu que la valvule gauche s'ouvre pour sauter dans une oreillette et, de là, je me suis faufilé vers le ventricule de mon voisin. J'ai tambouriné. Un jeune homme, assez bien mis de sa personne, habillé d'un babygros et d'un bavoir m'a ouvert la porte. Il avait une tétine dans la bouche et un hochet dans la main.

— *Bonjour, je suis le voisin.*

— *Bonjour, il m'a dit, en enlevant la tétine de sa bouche. Entrez. Je suis ravi de vous rencontrer, cher voisin, mais j'imagine que vous ne venez pas uniquement pour me saluer. Qu'y a-t-il ?*

— *Il y a que depuis que nous cohabitons dans ce cœur, c'est le souk. Voilà ce qu'il y a.*

— *Hum. Si j'osais, je dirais « areuh », et je rentrerais volontiers dans une colère noire. Je gigoterais beaucoup et mes cris seraient stridents et extrêmement pénibles. Il y a que, voyez-vous, malgré les apparences et mon mètre quatre-vingts, je suis un nouveau-né.*

— *Non ?*

— *Ben si. Dans ce cœur, on ne s'intéresse pas vraiment aux stigmates physiques de l'âge. Ça vous semblera étrange mais j'ai exactement deux mois. Voilà. J'ai deux mois. Vous buvez un vin cuit ?*

— *Volontiers, oui.*

On s'est assis autour de la petite table basse, on a poussé les biberons et les couches sales de mon hôte. Il a mis un peu de Schubert. J'ai cru reconnaître La Truite. *En servant les verres, il a dit :*

— *Vous voulez des tacos ? Il me reste un peu de guacamole.*

— *Pourquoi pas ? C'est gentil... Au fait, vous vous appelez comment ?*

— *Au fait ? Mais comme vous, cher voisin...*

Je me suis réveillé avec un sacré mal de gueule. Le truc que m'avait fait picoler les Kurosawa devait être coupé au cyanure. J'ai regardé l'heure. J'étais pas en avance pour le boulot. Pas en retard non plus. J'étais juste bien.

J'ai glissé vers la douche. J'ai tout mis à fond. J'y suis resté vingt minutes. J'étais bien, mais mal. Ou mal mais bien. Je ne sais pas comment dire. J'avais l'euphorie en creux des lendemains un peu trop riches. Je suis retourné chez les Kurosawa. J'étais déterminé à repasser des chemises, à écrire des lettres à des gens que je ne connaissais pas. Comme convenu, j'allais essayer de vivre, ce qui n'était déjà pas rien. Le temps allait passer vite mais lentement, ou lentement et rapidement. Je ne savais pas comment dire.

J'aurais croisé un tourbillon, j'aurais couru pour monter dedans. Monter loin, voir la vie d'en haut. M'échapper de tout ça, sans savoir où j'allais tomber. Il faisait soleil ce matin-là, et je n'ai pas vu de tourbillons, ni de promesses d'ailleurs. J'ai ouvert la porte du magasin, les Kurosawa étaient déjà au turbin. Je me suis approché d'eux et je leur ai fait la bise. Deux bises sur leurs deux joues plissées de vieux. C'était la première fois, et ça allait devenir un rituel.

Proverbe asiatique : « Quand la vie sourit, elle a une belle bouche. »

J'aurais tout donné pour que la bouche de la vie s'ouvre et qu'elle me parle… Qu'elle me dise quoi faire et comment… Mon cul, ouais… La vie, elle a bien fermé sa gueule.

Motus et bouche cousue, donc.

Correspondances *de profundis*

J'ai laissé faire. Voilà. J'ai mis sur « off », et j'ai laissé faire. J'ai écrit les lettres qu'on me demandait. J'ai tout bien fait. On me disait « lettre d'amour » et je faisais des lettres d'amour, on me réclamait une demande administrative palpipante (lettres aux impôts, lettres à La Poste, lettres à la banque) et je m'en acquittais. Je faisais payer 15 dollars la lettre. Comme je faisais ça consciencieusement, j'ai eu de plus en plus de clients. J'avais instauré une formule qui disait que toutes les cinq lettres, une lettre était offerte. Ça rajoutait pas mal de beurre dans les épinards cette histoire. J'ai commencé à mettre de l'argent de côté pour m'acheter une petite bagnole. J'avais envie de m'offrir la possibilité de me balader le week-end.

Au pressing, j'ai continué aussi. J'ai nettoyé une infinité de traces de sueur, de bouffe, de pinard, de pisse… Puis, j'ai rincé, plié, amidonné. On me disait pattemouille, et j'enquillais sur les pattemouilles. J'ai laissé faire. J'allais devenir une bernique accrochée à une moule. Je me refusais de penser à ce qu'allait être mon futur. Je luttais pour oublier Emma. Je ne sortais plus. Je ne buvais plus. Ou bien juste le vendredi. Quatre bières en trois heures dans un snack sans parler à quiconque. Je me suis souvent demandé comment c'était de vivre au cœur d'un tableau d'Edward Hopper. Maintenant je sais : ça pue l'ennui, et la lumière est tellement faible qu'on y voit rien.

Le week-end, je restais chez moi et j'avançais sur les lettres de mes clients. J'aurais pu aller au café mais j'avais envie d'arrêter la picole, et moi, à deux mètres d'une pompe à bière, je ne réponds de rien. De temps en temps, je jetais un œil à la photo de mariage, celle accrochée entre les plaques et la photo de Sinatra. L'homme qui y figurait, c'était moi. J'avais du mal à le réaliser. Je regardais Emma, son visage étonné et son corps surpris par la chute de nos alliances. Tout ça n'était pas vieux, mais ça me paraissait pourtant déjà tellement loin.

Un jeudi sur deux, c'était dîner chez les Kurosawa et massage par la patronne. Des fois, je restais dormir sur le tatami. Dans ces cas-là, madame Kurosawa me posait une couette en duvet sur le corps et allait se coucher. Le lendemain matin, on buvait un thé et on partait tous les trois au travail.

Les jours ont filé. Les semaines, et les mois aussi. La vie était sur « off » et je ne demandais rien d'autre. Je m'enlisais sur un sillon que je n'avais pas creusé moi-même. Ou du moins pas tout seul.

Je fumais énormément. Je tournais à trois ou quatre paquets par jour. Je dormais peu, je mangeais peu et je clopais énormément. Voilà. La vie était sur « off », et moi je partais en fumée. La cigarette était devenue le prolongement naturel de ma main droite. J'adorais le geste, l'odeur, le goût, le vertige que procure la première tige du matin quand on la fume à jeun… La fumée créait une sorte de barrière naturelle entre moi et le monde. J'aimais ça. Beaucoup. À ce rythme, j'allais crever fissa d'un cancer du poumon. Lutter contre la maladie, c'est déjà une raison de vivre, alors bon…

Je me laissais dévorer par la mélancolie, la morosité, le renoncement. En continuant comme ça, à quarante piges, j'allais être aussi racé qu'un jogger, un céliba-taire céréalier de l'Arkansas, ou un militant républicain de l'Ohio.

De Sandpiper, j'avais quelques nouvelles par Darius, qui se fendait d'un courrier bimensuel. C'était écrit à la plume, dans un style à peu près aussi fleuri que le Sahel.

« Salut mon pote,

Ici, les affaires marchent bien. Il y a à peu près 1 500 personnes qui côtoient le camp au quotidien. Le week-end on se tape des pointes à 3 000. Les bungalows sont pleins, le camping aussi. On tourne à plus de 300 résidents. Une hirondelle ne fait pas le printemps, mais il est vrai qu'avec ces beaux jours, ça risque de continuer. Paris et Henry sont partis en congés. Paris pensait que c'était bien pour lui de prendre l'air. Peut-être que loin d'ici il arrêtera de se défoncer. Elle m'a nommé gérant en son absence. C'est bien. Maman est heureuse. Elle a du travail. Elle voit des gens. Je lui ai demandé de s'occuper des tee-shirts. Parce que je te l'ai pas dit mais on a fait des tee-shirts « Sandpiper, j'y étais ». Ça part comme des petits pains. On bloque sur un compte une partie des recettes pour les mômes. Ça leur filera un coup de main plus tard. Avec le reste de l'argent, on a acheté des parasols chauffants qu'on met sur les terrasses. C'est épatant. Ça marche au propane, et ça diffuse une chaleur super-agréable. J'en ai acheté dix, c'est moi qui ai eu l'idée. Du coup le soir, il y a cinquante personnes à boire des coups, jouer aux dés, ou remplir des cartes postales (on a aussi fait des cartes postales).

Sinon, Richard et l'épicière allemande sont à la colle, Moïse et la jeune fille un peu sale aussi. Le fiston tourne autour de la petite Debbie, et Rebecca n'est plus qu'une ombre. Tu lui manques, je crois. Voilà. Ce serait bien que tu reviennes. C'est moins bien sans toi ici.

Je t'embrasse,

Darius »

Rebecca à la télé dépérissait de jour en jour. Elle ne faisait plus l'ouverture depuis longtemps. De temps à autre, on la voyait intervenir en deuxième partie de journal quand l'actualité au camp était brûlante. Brûlante ceci dit, faut peser ses mots. Pour regarder ça, on n'avait pas besoin de lunettes en amiante. Des exemples de sujet ? Je dirais : un concert de Djembé donné par les hippies, le baptême d'un enfant de détraqués venus s'encanailler à la télé, une compétition de surf d'un niveau moisi, ou les amours contrariées de Vodka, la chienne d'aveugle offerte à Moïse, pour un berger allemand SDF et homo. Tout ça relevait plutôt de l'anecdote.

Richard m'écrivait plusieurs fois par mois. Sa dernière lettre était assez belle.

« Salut,

Tu n'as pas répondu à ma lettre précédente, ni à celle d'avant, ni à aucune d'ailleurs. J'imagine que celle-ci aussi restera sans réponse. Je crois voir les raisons de ton silence. Tu souhaites couper un lien et repartir à zéro, de zéro, et sans personne. C'est un choix, et je le respecte. Mais tu es mon ami, je t'aime, et je continuerai à te donner de mes nouvelles, à défaut de recevoir des tiennes. Je vais me marier. Moi aussi je vais me lancer dans l'aventure. J'ai voué pour le moment ma vie au culte de la solitude, et là, la solitude me fait chier. La petite Allemande que tu as vue avant ton départ m'apporte tout ce dont j'ai toujours eu besoin : amour, tendresse, stabilité, cul. Elle s'appelle Marika. Elle va devenir ma femme. Je n'ai pas encore fixé la date. Je suis ici depuis plusieurs mois, peut-être ferons-nous ça le jour de l'été. J'aimerais que tu

viennes. Et j'aimerais que tu sois mon témoin. Je n'ai
personne de plus important que toi. J'aimerais que tu
sois là. Voilà. Je sais que tu ne répondras sans doute
pas, mais je te renouvellerai ma demande, encore et
encore, jusqu'à ce que tu acceptes.

Prends soin de toi,

Je t'embrasse,

Richard »

Au bout de quelques mois, l'activité d'écrivain
public m'avait permis de mettre 5 500 dollars de côté.
J'avais élargi ma clientèle au foyer de Chicanos.
J'avais aussi quelques culs-terreux comme clients. Ils
étaient bien contents de trouver mes services pour
formuler des réclamations à leur coopérative agricole.

« L'engrais que vous me fournissez n'est pas aux
normes blablabla, les aliments pour bovins ne corres-
pondent pas à l'apport calorique spécifié sur l'embal-
lage numéro etc. etc. En l'attente d'une réponse
concernant l'assistance technique de la machine à
ensiler référence XXXX » et *tutti quanti...*

C'était pas très gracieux. Que des conneries mais
bon, j'écrivais, à la louche, quarante courriers par
semaine, et ça commençait à marcher.

Je déposais les 600 dollars correspondant à mon
boulot hebdomadaire à la banque chaque vendredi soir,
et pour fêter ça j'allais boire quelques bières seul. Dans

le bar où je traînais, les gens me laissaient dans ma bulle. Le patron était taciturne. Il n'écoutait pourtant que du Motown. Les classiques des Supremes, de Stevie Wonder, de Marvin Gaye tournaient en boucle. Du coup, il y avait quelques Blacks attirés par la musique, qui sont vite devenus mes clients, soit dit en passant. Le patron n'était pas raciste pour deux sous, et tout ce petit monde vivait dans une harmonie résignée. Le partage d'un manque d'appétit pour la vie est sans doute plus fédérateur qu'une simple couleur de peau.

Moi, ça m'allait.

Je me suis renseigné auprès du patron pour savoir où je pourrais acheter une bagnole. Il m'a dit qu'il en vendait une. Une Chevrolet Impala 1971 décapotable, qu'il avait achetée quand il était jeune, et dont il n'avait plus l'usage. J'ai dit que je pouvais être intéressé. Il a laissé le bar à son serveur et on est allés dans son garage juste à côté. Sous une bâche se trouvait l'oiseau. Elle était belle cette voiture. Vachement belle. D'un rouge vermillon éclatant. On aurait dit une goutte de sang posée sur quatre pneumatiques. Elle affichait un faible kilométrage. Je lui ai demandé le prix. Il avait les yeux qui pétillaient, ça faisait longtemps qu'il ne l'avait pas vu, son bijou… Il m'a dit : « Je sais pas encore, faut réfléchir. On l'essaie ? » On a enlevé la bâche, ouvert la porte du garage et mis le moteur en route. Une abeille. C'est ça. Le moteur faisait le bruit d'une abeille. On est sortis en marche arrière. Il y avait deux places, j'ai pris celle du passager. Il faisait pas froid alors on a enlevé la capote. On a fait quelques kilomètres et de suite, ça ouvrait des perspectives de liberté folles.

En rentrant dans le bar, il était tout retourné…

— Elle est bien, cette voiture, hein ?
— Elle est très bien cette voiture.
— J'ai passé des moments importants derrière ce volant.
— Pourquoi vous vous en séparez ?
— Les plus belles choses que j'avais à vivre dedans, je les ai déjà vécues. L'histoire commune entre moi et cette voiture, elle est finie. Elle vous attend, je crois… Vous avez un peu d'argent ?
— Un peu, oui…
— On dirait 5 000 dollars, alors ?
— On dirait pas 4 500, plutôt ?
— Si on dit 4 750, on dit vendu.
— Alors, on dit vendu !

Il m'a payé un verre. Je lui ai apporté l'argent le lendemain matin. Les papiers, c'était du velours. Tout était en règle. Il m'a dit que pour 20 dollars par mois, il me louait le garage. J'ai accepté.

J'avais un garage. J'avais une voiture. Et c'était pas de la merde.

Le lendemain, entre midi et deux, je suis allé remplir quelques formulaires d'assurances, changer la carte grise, et passer chez les flics voir si tout roulait… Le soir à 18 heures, je suis allé voir madame Kurosawa, je lui ai dit « Ce soir, on se balade ». Et je l'ai emmenée faire un tour. Putain que c'était bien. Il y avait un vieil autoradio cassette qui marchait comme il pouvait mais qui faisait quand même la blague. J'avais retrouvé la cassette du chauffeur de taxi : la copie de *Let It Bleed* des Stones.

Avec madame Kurosawa à mes côtés, j'ai commencé à brailler *Love in Vain* à fond les ballons… Madame Kurosawa, ça la faisait poiler. Elle avait du vent dans les cheveux et elle trouvait ça tordant. Quand elle riait, on voyait plus ses yeux qui se faisaient complètement becter par les plis de sa peau. C'était troublant. Elle riait comme une porte qui couine, en découvrant les deux ou trois dents qu'il lui restait. J'avais pas mal d'affection pour elle, alors comme elle se gondolait, j'en rajoutais des tonnes « Lovvve in vvvaineuhh ! Lalalalala ». C'était super. Ça faisait sept mois que j'étais revenu dans mon bled. Sept mois que j'avais quitté Sandpiper. C'était la première fois que je me sentais aussi bien…

C'était bon cette sensation. J'étais un bras qu'on sortait du plâtre après une triple fracture.

Le lendemain c'était dimanche, j'ai roulé toute la journée, je me figurais comme étant un jeune lord anglais pété de thunes. Un rentier de vingt piges promis à un futur consacré à l'art subtil de ne rien branler. J'ai roulé peut-être dix heures. Le moteur avait un ronron incroyable. La première fois, j'ai parlé d'abeille pour décrire son bruit. C'était pas ça, non, en fait ce bruit, c'était celui d'un chat. C'était le feulement d'un angora au moment de la saison des amours.

De temps en temps, quand les paysages valaient le coup, je m'arrêtais au bord de la route et je fumais une cigarette en pensant à deux ou trois trucs. Toujours les mêmes d'ailleurs. La vie. La mort. L'amour. Emma. Je crois que, même assis sur le rebord de mon cercueil, je continuerais à ressasser les mêmes échecs.

Ça occupe.

Depuis que j'avais commencé à écrire des lettres pour les gens, la machine à cogiter s'était remise en route. J'avais envie d'aller plus loin, et pourquoi pas d'attaquer un boulot d'écriture plus perso.

Là, il faut admettre que je me contentais de « Veuillez agréer, Monsieur, l'expression de mes sentiments les meilleurs », de « Je soussigné untel déclare que… », ou de « Je vous saurais gré, Monsieur, de prendre en considération ce dernier point car… ». Parfois, il y avait des lettres d'amour aussi. Elles n'étaient pas légion, mais quand c'était le cas, premièrement je les soignais, et deuxièmement je ne les faisais pas payer. Jamais. J'essayais, autant que possible, de glisser des paraphrases de poètes français pas trop compliqués. Apollinaire ou Verlaine, franchement, même un Américain bas du front, ça pige.

Mais bon, toujours est-il que j'avais repris goût à ça. J'imagine que c'est comme le sport, une fois qu'on commence ou qu'on recommence, on a de suite les hormones qui vous poussent à vous surpasser. J'avais envie d'écrire un livre sur Emma et moi. Même si ça n'intéressait que moi, et peut-être un peu Emma, ça m'intéressait quand même vachement cette histoire. Si la coucher sur le papier me permettait de revenir à la vie, au fond, j'étais assez preneur…

J'ai fait demi-tour pour rentrer chez moi. Dans le siège passager, il y avait le fantôme d'Emma qui me regardait conduire. J'ai pas été surpris. Comme elle était pas vraiment là, elle était un peu décolorée, un peu dans les tons pastel. Elle avait les joues vieux rose, et les yeux bleu layette. Elle avait les couleurs des spectres de gens qu'on aime et qui sont pas là, mais qui sont pas morts non plus. Elle portait une robe légère, identique à celle qu'elle portait le jour où on a pris ce putain de bus vers Sandpiper. Elle était belle à crever, et silencieuse. Je lui ai demandé si je pouvais pour le livre. Elle a dit oui, en hochant la tête. Elle a fermé les yeux, elle m'a soufflé un baiser puis elle a disparu.

En rentrant chez moi, j'ai sorti un cahier vierge. Sur la première page j'ai marqué *En moins bien*. C'est le seul titre qui m'était venu. Il allait très bien faire l'affaire pour le moment. J'ai tourné la page et j'ai commencé à noter :

INTRODUCTION

Ce jour-là c'était en octobre. Il faisait soleil, mais pas trop, le genre de soleil faux-derche et collabo… Il y avait un fond frais dans l'air froid qui commençait à annoncer un hiver vicieux… Il passait sous la veste, s'immisçait sous la chemise, titillait les lombaires et vous donnait la crève en deux coups de cuillères à pot. La saloperie. Ce jour-là, donc, Emma et moi convolions en justes noces. Il y avait une douzaine de péquins dans la salle principale de la mairie ; tous les gens qu'on connaissait. La fenêtre était ouverte. On entendait les oiseaux, il faisait bon mais vraiment pas si chaud que ça... Vraiment pas, en fait... Je m'en foutais, j'étais heureux, et elle aussi... Elle venait de dire « Oui ». C'était mon tour. J'avais les foies. Je mesurais bien que c'était un moment important dans ma vie. Et le frisson dans le dos n'était pas dû qu'au... »

J'ai arrêté net. C'était de la merde. De la saloperie. Je ne serai jamais Richard Brautigan, John Fante, ou Charles Bukowski. J'étais un employé de pressing qui écrivait des lettres administratives ou des conneries à l'eau de rose pour taper du blé à des illettrés. C'est tout. Mes talents d'écriture se résumaient à ça. Fallait pas commencer à me prendre pour un prix Nobel alors que j'étais juste une annexe de La Poste. Pour un roman, ou un début de littérature, il faudrait repasser.

De quoi se nourrit la vanité, quand même...

Comme le dernier des salauds

Les jours ont continué à filer. Le soir, je me baladais en Chevrolet, et le week-end aussi. J'ai décrit la voiture par téléphone à Greg et il m'apprit que j'étais l'heureux propriétaire du même véhicule que dans *Las Vegas Parano*, le film de Gilliam. Ça m'a fait plaisir de savoir que j'avais les mêmes goûts que Hunter S. Thompson ; j'étais peut-être pas si plouc, au fond.

Je me promenais un peu avec les Kurosawa. On rigolait. Des fois j'emmenais le fantôme d'Emma se balader le long de la côte. Elle parlait pas, mais sa présence me plaisait. Comme ça, dans la décapotable, les yeux mi-clos balayés par ses mèches de cheveux, elle était d'une beauté étourdissante. Je pouvais pas la toucher sinon elle s'évaporait, mais c'était bien. C'était un amour dénué de paroles et d'éventualités sexuelles. C'était comme ça et je m'étais fait à l'idée.

Les lettres, ça carburait. J'en faisais soixante par semaine, et je tenais une sorte de permanence le dimanche après-midi au café. Le patron y trouvait son compte (ça ramenait des gens), et moi aussi (j'avais pas à louer de bureau). Je commençais à avoir des économies assez substantielles. Du coup, je m'étais offert deux ou trois autres conneries dont j'avais toujours rêvé : un ordinateur d'occase, une montre avec un bracelet en cuir, un appareil photo…

Depuis Rebecca, j'avais pas touché à une femme, mais je m'en foutais un peu pour tout dire. Je trouvais de l'amour ailleurs. J'ai appris que l'hormone de la tendresse s'appelait l'ocytocine. Les Kurosawa, chez eux, en avaient de pleins barils. Et puis en cas d'envie de cul, il me restait la branlette. Ça offrait déjà un certain confort.

Vers début juin, j'ai reçu une lettre de Richard.

« *Salut,*

Je me marie le 21 juin. Je pense que tu t'en fous, comme tu te fous de tout ce qui me préoccupe ou me fait vivre. J'ai compté : 34 lettres et aucune réponse. Pas un coup de fil. Que dalle. Je ne trouverai sans doute pas les mots pour te décrire ma déception, mon pote. Alors autant ne pas chercher. Il y a dans cet abandon comme une désillusion amoureuse dont je peine à me remettre. Je ne comprends pas pourquoi tu t'es livré à un amalgame pareil. Je ne suis pas Emma. Je ne suis pas Sandpiper, ni même Rebecca ou je ne sais qui d'autre. Je ne suis que moi, Richard, celui que tu considérais il y a peu comme ton meilleur pote.

Je me marie le 21 juin donc, et je compte sur ta présence. Dans mes précédentes lettres je t'avais

*formulé le souhait de t'avoir comme témoin. Je te le
renouvelle. Si tu ne viens pas, je prendrais n'importe
quel (autre) connard, mais sache que je te considérerai
à vie comme le dernier des salauds.*

À bientôt j'espère,

Richard »

Bon ben là, j'avais pas le choix. On était le 19 juin,
il fallait que je parte demain, et que je retourne là-bas.
J'imagine que c'est le genre de test que redoute le plus
un ancien junkie. Retourner voir des connaissances qui
ont encore les deux pieds dans une histoire qu'on a mis
des années à quitter. « Salut, mec ! Tu veux un fix ? »
« Non merci. C'est gentil mais non… » C'était le genre
d'épreuve dont je me serais largement passé. Mais faire
ça à Richard aurait été aussi délicat que de cracher sur
la dentellière de Vermeer. Je me suis résolu à y aller. Et
merde.

J'ai pris ma journée et je suis allé m'acheter un
costume blanc dans la ville la plus proche. Un trois-
pièces. J'ai pris une chemise blanche aussi. Tant qu'à
retourner en enfer, autant être aussi immaculé que
possible.

J'ai expliqué à madame Kurosawa que j'étais obligé
de retourner là-bas. Elle était dans tous ses états. Elle se
doutait bien que ça allait être pas terrible pour moi. Elle
avait roulé sa bosse, la mamie, et elle savait d'expérience que les mauvais souvenirs font rarement faire de
beaux rêves.

Je suis quand même monté dans la Chevrolet, j'ai mis le contact. J'avais étalé la housse contenant mon costume neuf dans le coffre, posé l'appareil photo sur la place passager et pris de quoi tenir une journée en fringues de rechange. Les Kurosawa me regardaient partir. Ils avaient le cœur gros, mes petits vieux…

Fais chier, tiens !

J'ai roulé à tombeau ouvert. J'ai foncé sur les routes menant là-bas. J'avais en gros trois heures de route. Au fil des kilomètres, l'appréhension montait. Revoir mes potes. Revoir le camp, l'Allemand, Rebecca et les mômes. Revoir les hippies et la mer. Revoir Greg… C'était une chaîne de montagnes à grimper, tout ça. J'étais pas plus persuadé que ça d'être prêt. Le dernier mariage auquel j'ai assisté c'était le mien. Il y a à peu près un an. Bilan des courses : pas top.

Je savais que mon pote faisait une connerie : on ne se marie pas pour combler un vide mais pour partager l'espace. C'est pas la même chose. Faut voir à pas confondre. Il ne la connaissait que depuis neuf mois. C'est peu quand même.

Mais en même temps, je me voyais mal arriver, dire « Tu fais une énorme boulette », puis le menotter, le porter dans la Chevrolet et tailler la route vers Orlando faire les zouaves sur « Space Mountain » en nous empiffrant de burritos. C'était son mariage. J'allais être témoin, en plus. S'il avait été moins con, en tant que témoin du mien, il m'aurait rendu service et il m'aurait empêché de me marier. Mais il était con comme ses pieds, mon pote, alors…

Une demi-heure après être parti, je roulais avec *Supersonic* d'Oasis à fond, j'avais acheté la cassette le jour où j'avais acheté mon costume. J'étais bien au volant de ma bagnole, je me sentais un petit peu comme un « Wonderwall », moi. Soudain, j'ai entendu un bruit sourd, une sorte de « schlouung », le bruit que fait un canapé Chesterfield en tombant du cinquième étage sur une femme obèse. Je me suis arrêté voir ce qu'il se passait. J'avais buté une biche. La bagnole n'avait rien, mais la biche avait une patte pétée et gisait les yeux fermés sur le sol. À pus la biche. À morte la biche. Je l'ai mise dans le coffre à côté de la housse de mon costume. J'avais une biche dans le cul de mon Impala, Dieu que la jungle est immense.

J'ai repris la route sans marmonner un *Pater Noster* en gigotant la mimine ; il y avait d'assez faibles probabilités que cette biche soit catholique pratiquante.

Au bout de quelques bornes, je me suis arrêté fumer une clope dans le drive-in de Debbie. Elle était là. Elle m'a reconnu, elle était surprise de me voir. J'avais bonne mine et une super-bagnole. Elle est passée derrière le comptoir pour me faire la bise.
— Je suis contente de te revoir !
— Pareil, Debbie.
— Ça fait longtemps…
— Huit mois, c'est longtemps ?

— Huit mois sans nouvelle, c'est assez long. Greg me parle de toi souvent. T'es au courant, au fait, pour Greg et moi ?

— Oui… Darius m'a mis au parfum… Ça se passe bien ?

— Oui… Très… Darius me parle de toi non stop d'ailleurs, et Richard aussi… Rebecca parle pas. Elle fait pitié. Une super-nana comme elle… Elle pourrit sur pied. C'est un peu plus radical.

— Je sais. Désolé.

— T'as pas à être désolé. Je dis pas ça pour toi. Tu bois un truc ?

— OK. Un truc plutôt fort alors…

— Scotch ?

— Oui. Un double, s'il te plaît.

— T'as l'air en forme.

— Je me suis retapé.

Voilà, j'avais assez parlé. Si elle voulait tailler une bavette, elle avait qu'à continuer seule. C'est ce qu'elle a fait. En l'espace de dix minutes, elle m'a donné une vision panoramique de la situation dans le camp. Allemand compris. Elle était sciée par la barbe du Teuton. Les garçons avaient essayé de la lui tailler pendant son sommeil, mais il se réveillait en sursaut et il les mordait. Au bout de deux tentatives, ils avaient laissé tomber. Avec ses dents pourries, il aurait pu leur refiler une saloperie.

Désormais avec ses cheveux longs et dégueulasses, on aurait dit un rasta sexagénaire. C'était pas pour déplaire à la communauté de zoulous, mais ça faisait négligé. J'ai bu le scotch et je lui ai donné rendez-vous pour le lendemain.

Là, je ne pouvais plus reculer. J'étais à vingt bornes du camp. J'avais plus le choix. J'ai roulé. À un kilomètre de la porte du camp, j'ai rétrogradé et j'ai avancé en première. On était pas pressés… J'ai franchi la porte et me suis garé devant « Emma revient ». Dans les bombes à fragmentation, entre le moment où elles s'écrasent au sol et le moment où elles explosent, il paraît qu'il y a une seconde qui a la tronche d'une éternité. Là, ça a été pareil. Tout le monde était en terrasse. J'ai éteint le contact, la terre a arrêté de tourner. Puis Requin et Marteau me sont tombés dans les bras en hurlant, Richard a marché vers moi, puis sa femme, puis Darius, puis Greg, puis toute la troupe… J'ai été brassé et embrassé, on me touchait la tête en me posant des questions, on me tripotait.

JFK avait saisi l'occasion à bras-le-corps pour me pincer les mollets avec son bec de trisomique. Sale type.

Passée l'effusion, Richard m'a pris à l'écart :
— Ça fait plaisir de te voir, fumier.
— Pareil.
— T'es une ordure.
— Pas faux.
— Une fiente.
— Pas impossible.
— Une larve.
— Admettons…
— T'es un furoncle, mais ça fait plaisir de te voir.

— Pareil.

— Y a un autre truc dont il faut que je te parle…

— Rebecca ? Elle va pas, c'est ça ? J'ai vu Debbie, elle m'a tenu au jus…

— Elle parle plus. Elle reste enfermée dans son bungalow. Elle se lave un jour sur quatre. On est super-inquiets.

— Hummm.

— Tu fais comme tu peux, je sais, mais bon, voilà.

On s'est retrouvés au bar, et on a bu un verre. J'avais la tête qui tournait. Me reprendre tout ça de plein fouet, ça m'a fait un sacré choc. Je m'y attendais, c'est vrai, je m'y étais préparé, mais j'étais quand même retourné. Je fumais des clopes en répondant aux questions. Je racontais ma vie là-bas. Mon boulot d'écrivain public, la Chevrolet, les Kurosawa… J'essayais d'esquisser des raisons valables à mes silences. C'était coton.

J'étais au comptoir cerné par une douzaine de personnes qui me voulaient du bien. Rebecca a franchi l'entrée. En contre-jour, sa silhouette se dessinait dans l'embrasure de la porte, un peu comme celle de Kim Basinger dans *9 semaines 1/2*, quand elle allume ce poivrot de Mickey Rourke près du frigo. Les gens se sont tus. Elle s'est avancée vers moi. C'était assez théâtral. Elle m'a embrassé, a tourné les talons sans un mot puis est ressortie. Ravagée. C'est ça. J'avais vu son visage. Il était ravagé. Mon départ avait eu le même effet sur elle que celui d'Emma sur moi. L'absence d'explications, la culpabilité qui en découle, les insomnies, le dégoût de soi. Elle avait franchi le même parcours. J'étais un sale con égoïste. Fallait pas s'enticher d'un mec qui vient de subir une rupture pareille. Elle avait essuyé les plâtres. J'étais pas là. La machine à sentiments était en panne. Fallait pas s'attacher. Elle devait le sentir, mais elle avait fondu quand même…

Richard a perçu mon malaise, il m'a pris par le bras et m'a raconté les préparatifs en terrasse.

En gros le matin, c'était mairie en petit comité ; avant le déjeuner, c'était cérémonie sur la plage à l'endroit où on avait dispersé les cendres des gosses, après c'était bouffe à « Emma revient », et après on dansait jusqu'au bout de la nuit… Il faisait très beau et ça allait être tip-top. Tous les bungalows étant pris, j'allais profiter de l'absence de Paris et d'Henry pour dormir dans leurs appartements. Avant d'y déposer mes affaires, je suis allé voir l'Allemand.

Du haut de la dune, rien n'avait changé. Il y avait en gros entre cinq cents et mille personnes. Silencieuses comme avant mon départ. L'Allemand tournait. Il avançait courbé et salingue comme un chef de tribu australopithèque. Sa barbe était tellement longue qu'il menaçait de marcher dessus et de se péter la gueule. Il murmurait « Fridafridafridafridafridafrida ». La routine, quoi. Je suis allé saluer les hippies. Je suis retombé sur Nick. On a échangé deux banalités, et voilà… En retournant à « Emma revient », je suis tombé sur Rebecca.

Aïe.

— Bonjour, Rebecca, j'ai dit.

— Bonjour. C'est à toi, cette voiture rouge ?

— Oui.

— Tu m'offres une balade ?

— Bien sûr…

— Je passe au bungalow et on se retrouve à « Emma revient » dans dix minutes ?

— D'accord.

Dans le potager, les haricots commençaient à rédiger leur testament.

On est monté dans la voiture. Elle avait les cheveux attachés par un foulard en soie. On aurait dit Audrey Hepburn dans *Vacances romaines*. La même, mais en plus triste. J'ai mis *Love in Vain* très fort pour ne pas avoir à parler. Le fantôme d'Emma, c'était mieux. Je pouvais divaguer peinard, lui causer un peu, elle répondait pas, et puis surtout c'était un fantôme… Rebecca c'était différent. J'avais rien à lui dire. Et puis elle était réelle, elle aurait pu répondre. On a roulé. Et puis roulé encore. À la fin de la cassette, elle m'a dit qu'elle avait envie de voir la mer. J'ai pensé à l'hôtel où Debbie nous avait emmenés, moi et Richard, la nuit où on avait déconné tous les trois.

J'ai retrouvé assez facilement la route. On a emprunté des petits chemins taillés entre les dunes. On a garé la Chevrolet devant l'hôtel. La petite vieille, patronne de l'endroit, dormait sur une chaise longue en teck. Sur la table à côté, il y avait trois verres vides. Elle s'était mis une danse en solo, la bougresse. On est descendus de la voiture et on a marché vers elle.

Je lui ai tapoté l'épaule pour la réveiller. Elle a fait un bond.

— On aurait pu vous réveiller plus doucement, mille excuses.

— Rien de grave, les enfants, elle a les nerfs solides la viocque ! Revenons à nous. Si c'est pour boire un verre, j'ai juste de quoi faire des mojitos. Ça vous va ?

— Ben deux mojitos alors.

— *Avanti*, les petits.

Elle était pieds nus. Elle a remis ses santiags, réajusté sa blouse et elle est entrée dans le hall… On s'est assis autour d'une table et sur deux chaises longues. On était bien. Le vent était tiède. La lumière était folle. C'était l'heure bleue, je crois. Rebecca n'avait pas envie de parler, pas envie de poser des questions, non plus. Elle avait compris que de toute façon je n'avais pas de réponses. Je suis retourné à la voiture chercher mon appareil photo. Je l'ai mitraillée. Ça détendait un peu l'atmosphère.

On a bu nos verres, puis on en a commandé d'autres. Je clopais à tire-larigot. Rebecca est partie courir sur la plage, je l'ai regardée faire. Elle s'est dévêtue. Elle a plongé. Je la suivais du regard. La vieille dame s'était assise à côté de moi.

— Vous devriez rejoindre votre femme. Ces jeux-là, c'est de votre âge.

— C'est pas ma femme. C'est une amie.

— Ah… On aurait pas parié…

— Ben ouais…

— Peux vous poser une question ?

— Bien sûr.

— C'est une amie comment ?

— C'est une amie intime.

Eh ben voilà. Je parlais de Rebecca comme Charcot parlait de Virginia. « Une amie intime. » Je n'allais pas tarder à enquiller sur « Bonne amie », ou « Compagne ».

— Et elle est au courant que c'est pas votre femme ?

— Elle a des doutes.

— Elle a pas l'air d'aller fort. Elle parle pas beaucoup. C'est pas normal pour une jolie jeune femme comme ça. Si c'est une amie, vous devriez la protéger un peu. Mais vous faites ce que vous voulez. Restez un peu là, et surveillez-la du regard. Les courants sont traîtres par ici. Je vais lui chercher des serviettes.

Rebecca est sortie de l'eau et elle est revenue s'allonger nue sur la chaise longue... Elle a repris un mojito. J'avais préféré oublier, je crois, à quel point son corps était beau. J'ai pris quelques photos d'elle et je l'ai enveloppée d'un drap de bain. On est restés dans cette position quelques heures, à côté de la vieille qui rhabillait l'orphelin à chaque fois que nos verres étaient vides.

— Vous restez dormir ?

— Non, j'ai fait. On va rentrer, merci.

— Avec plaisir, a dit Rebecca, il est tard, je suis fatiguée et ça me change de Sandpiper. En plus j'ai un peu bu et l'alcool combiné à l'odeur d'essence risque de me donner la nausée.

J'allais à l'abattoir.

— Bien. Une chambre ou deux ?

— Deux, j'ai fait.

— Une, a dit Rebecca. On ne va pas vous déranger plus. C'est déjà gentil de nous accueillir à l'improviste.

Elle avait dit tout ça les yeux fermés, sans bouger. Elle s'est penchée vers moi et m'a dit « Viens te baigner ». J'étais battu. Je me suis désapé devant la vieille qui en avait vu d'autres et on est partis vers les vagues en marchant. Les pieds dans le ressac, elle m'a saisi la main. Puis on a plongé. L'eau était glacée. Je me demandais ce que je foutais là. On avait de la flotte jusqu'au bassin. À chaque vague, on se retrouvait trempés jusqu'à la nuque. Profitant d'une vague plus forte que les autres, elle s'est jetée contre moi et m'a serré fort. Fort, c'est gentil comme adjectif. Disons plutôt que si elle avait voulu m'étouffer elle aurait fait pareil. Elle a poursuivi son étreinte et a cherché ma bouche. Elle a fini par la trouver et je me suis laissé faire. Elle avait les yeux mi-clos… C'était des baisers tristes. On savait que ça n'avait aucun sens… On est sortis de l'eau pour rentrer dans la chambre d'hôtel… On a mis les serviettes autour de nos cous et on est passés à poil devant la petite vieille. En regardant ma bite, elle a fait :

— L'eau a l'air fraîche, hein ?

— On dirait bien, oui…

— Quelle heure, le petit déjeuner ?

— Sept heures, ce serait parfait.

— Bonne nuit, les amoureux.

On a fait l'amour. Elle s'abandonnait, me couvrant de caresses agressives, de baisers violents. Elle me mordait, me griffait, me passait les ongles dans les cheveux. J'étais pas dans le tempo. Je subissais tout ça avec, au fond de moi, la conviction que je faisais une belle gaffe. On a dormi dos à dos. Le lendemain, sans un mot, on a pris le petit déjeuner, repris la route et on est rentrés à Sandpiper. On devait se changer avant la mairie.

Je me suis garé devant « Emma revient ». J'ai regardé Rebecca partir vers son bungalow. J'ai ouvert le coffre pour prendre mon costume et, dans un hurlement dément, une biche psychopathe m'a sauté à la gueule. J'ai failli faire un arrêt cardiaque. Putain, je l'avais complètement oubliée, celle-là !

Autant, la dernière fois que je l'ai vue, elle était morte, que là pas du tout. Elle ne devait être qu'assommée quand je l'ai mise dans le coffre. Elle s'est mise à courir sur ses trois pattes valides, comme une dingue, autour de la bagnole. J'ai appelé à l'aide. Avec les potes on a essayé de la canaliser, mais c'était impossible. JFK beuglait comme un débile, ça a stressé encore plus la biche. Elle était dans un état de panique incroyable. Elle est entrée en trombe dans « Emma revient », et a méticuleusement ravagé le buffet qui avait été installé pour le mariage. Tout y passé, tout... Les petits fours, la pièce montée, les verres, les boissons, la viande froide, les fleurs, elle bousculait les tables et courait dans la bouffe. Elle se cognait dans les meubles, les murs, dérapait dans les bouts de verre. Elle devait chercher un moyen de sortir et n'en trouvait pas. On aurait dit une superballe lancée par un haltérophile.

À un moment, à bout de forces, elle s'est laissée tomber sur le sol couvert de nourriture. Elle avait les yeux hagards, et ses flancs étaient secoués par des spasmes fous. Je suis allé vers elle. Je lui parlais tout bas pour la rassurer... Je l'ai prise dans mes bras. J'ai regardé Darius.

— Je la mets où ?
— Je sais pas.

— Si tu pouvais avoir une idée dans la minute, ça m'arrangerait, Darius. Je la mets où ?
— On peut la mettre dans la remise.

On est allés dans la remise. La pauvre bête avait une patte pétée. Un œil à moitié crevé. Elle était couverte de plaies. Elle avait aucune chance de s'en sortir. Elle était en train de clamser. Il fallait abréger ses souffrances. J'ai demandé à Darius s'il avait un flingue. Il m'a dit non. Un des deux sbires de Rebecca qui nous accompagnait a dit qu'il en avait un dans la voiture. On est allés le chercher et on ne l'a pas trouvé.

— Il était dans la boîte à gants, il disait.
— Tu l'as vu quand, la dernière fois ?
— Tout à l'heure. Juste avant le coup de la biche. Je suis allé chercher des clopes en centre-ville ce matin.

J'ai été contrôlé par les flics. J'ai cherché mes papiers et le flingue était à côté. J'en suis sûr. C'était un Clock. Je vois encore la crosse, juste là. Je suis sûr de moi.

— Oh bordel… Suis-moi !

On a couru quatre à quatre vers « Pieuvre », le bungalow de Rebecca. J'avais un mauvais pressentiment. On a ouvert la porte. Rebecca était assise sur le rebord du lit, le canon du revolver dans la bouche. Elle m'a jeté un regard. Elle a fermé les yeux et elle a tiré.

Balle au centre.

Cœur brisé

J'ai le sommeil lourd. Dans le cœur d'Emma je suis à l'abri du brouhaha quotidien, j'oublie mes couleuvres et mon voisin de palier, j'ignore les vicissitudes liées à la mort de Rebecca, les tourments de l'homme tournant, mes aspirations vers le vide. Je suis serein.

Autant dire que dans mon cocon, quand ça a fait « Boum », j'étais pas cent pour cent préparé au choc.

Il est tôt et je dors encore. Le sol se met à trembler, les murs aussi. Et puis les meubles. Table de chevet. Lit. Guéridon. Sofa. Je me réveille d'un bond. Mon ventricule ressemble à un ivrogne qui danse la gigue. Je me lève en beuglant, terrorisé. Les pieds au sol, je me casse la gueule. Les parois du ventricule se fissurent, libérant des flots de sang sec. Je me relève et une nouvelle secousse me met à terre. Je m'accroche à la commode qui s'écroule. J'ai peur. Je ne maîtrise plus rien.

Même si j'ai pas vécu grand-chose, même si j'ai les yeux fermés, j'ai ma vie qui défile. Je revois Emma et moi, mes parents, le feu, la cheminée, le café, un chien mort depuis longtemps, les années à Frankfort, celles à New York. J'ai le visage des Kurosawa devant moi. J'ai celui de Rebecca explosant sous l'impact de la balle.

J'ai peur.

Un bout de plafond a la bonne idée de me tomber sur la nuque. Je suis plaqué au sol. J'entends un crac immense et puis plus rien.

Je meurs écrasé dans un cœur brisé.

Coup de foudre en direct

Il n'y a pas de culture ici en Californie, que de la merde. La côte ouest n'a aucune tradition, aucune dignité, aucune morale – c'est là que ce monstre de Richard Nixon a grandi. On doit travailler avec la merde, la confronter à elle-même.

Philip K. Dick,
lettre à Stanislaw Lem, 1973

Le mariage avait été annulé. Les flics étaient venus et avaient pris nos dépositions. Ils trouvaient comme nous tous que ça commençait à faire pas mal de suicides au même endroit. Virginia allait faire un article sur Rebecca. Moi, je ne pouvais plus rester une seule minute dans cet endroit. Il était 16 heures et je voulais dormir chez moi.

Je suis remonté dans la voiture, Greg m'a couru après et m'a dit « Je rentre avec toi ». L'air était chaud. Chaud et moite… On a baissé la capote, on a roulé en tee-shirt. Mais on était quand même en eau. Sale temps de merde. On est vite arrivés dans mon bled. Trois heures de route à peine. J'étais vidé. J'avais besoin de la présence des Kurosawa. À leurs côtés, je m'étais inventé une nouvelle famille et cette famille m'apaisait. Avec Greg on a tracé chez eux. En ouvrant la porte, ils nous sont tombés dans les bras.

Elle m'a répété qu'elle m'avait mis en garde. Qu'elle savait. Que les vieilles femmes savent tout ça, mais que les jeunes ne les écoutent jamais. À travers les drapés de sa peau, on devinait ses yeux. Ils étaient rouges. Elle avait dû pleurer en constatant ce gâchis. Son mari la tenait par l'épaule, il avait l'air d'un cocker anémié. Ça m'a fait mal au cœur. Ils nous ont invités à becter, Greg et moi. Ils savaient que pour nous c'était ça ou se foutre la tronche dans le premier troquet venu. On a accepté.

Greg voulait dormir chez moi. J'étais d'accord. J'avais un lit deux places et j'avais pas envie d'être seul. Il était choqué et moi aussi. On est passés dans ma thurne déposer quelques trucs puis on est allé chez les Kurosawa. Greg a moins été surpris que moi par le coup du kimono. Il avait vu ça dans des films d'Ozu. Moi, j'avais jamais pu blairer le cinéma asiatique, mais j'avais envie de m'y mettre…

On a bu leur venin. Greg a toussé en avalant le premier verre et après il a plus bronché. À nous quatre, on a picolé toute la tristesse du monde sans s'échanger un mot. J'étais au fond du sac, putain. Je revoyais le corps de Rebecca sur la chaise longue en teck, sur la terrasse de l'hôtel de la vieille. Je n'aurais eu qu'un mot à dire et elle était encore en vie… Madame Kurosawa

sentait tout ça, et elle a proposé un massage. J'ai dit
« Non, pas ce soir. C'est gentil ».

On est rentrés. J'ai dégotté un fond de gin sous
l'évier. On l'a sifflé sans se marrer, et on s'est endormis
par terre.

Le lendemain matin en buvant notre café, on avait
pas à chercher notre tête très loin. Elle était précisément dans notre cul. À coups de caféine, c'est un peu
passé, mais on avait la certitude de garder de beaux
restes de notre cuite toute la journée. On a commencé à
discuter. On a fait comme on pouvait, un tomahawk
entre les deux yeux. Greg m'a fait part de son souhait
de rouvrir le troquet de son père durant son absence. Je
pourrais y tenir ma permanence d'écrivain public, et lui
pourrait passer quelques films dans la salle du fond, le
soir. Il y aurait peut-être quelques amateurs. Ce serait
gratuit. Ce serait une sorte de petite animation et ça lui
faisait plaisir. Debbie pourrait plaquer son job pourri et
nous rejoindre. Ça leur permettrait en plus de se mettre
à la colle et il aimait bien l'idée. J'ai souscrit à son
projet. Moi aussi, fallait que je m'occupe l'esprit.

Je suis allé voir les Kurosawa. Je leur ai expliqué le
concept. Ils ont trouvé ça bien. On a fermé la boutique,
et ils sont venus nous aider à remettre le café en route.
Ils ont lavé les nappes et les serviettes. Lavé les
rideaux. Le samedi suivant, je tenais ma permanence,
le jour suivant aussi. Ça attirait du monde. Le soir, pas
mal de gens restaient regarder des films. On avait pas
choisi une programmation pointue, alors ça allait.
Comme ça bavassait pas mal dans les bars, on a plutôt

pris des films muets. Des trucs de Chaplin, de Harold Lloyd, de Tati…

Les semaines et les mois ont déroulé. L'affaire rapportait de quoi ne pas se poser de questions de fric. Debbie et Greg s'aimaient, ça sautait aux yeux. J'étais content pour lui et pas fâché pour elle. Des fois, lors de leurs pauses roucoulades, je les biglais derrière leur comptoir : ils étaient à l'évidence de la graine dont on fait les enfants reconnaissants…

Mes clients devenaient les clients du bar et inversement. On y trouvait à peu près tous notre compte. Ce coup d'écrivain public, au passage, avait considérablement redoré mon statut social. J'étais passé du litron aux lettres, et ça plaisait : on m'a sollicité pour me présenter sur une liste démocrate pour les élections municipales, j'ai dit non. Mon quotidien me suffisait amplement. J'étais échaudé en plus par le commandement de troupes. Il y a peu, j'avais pris la tête d'une petite communauté. Ça s'était soldé par le triomphe que l'on sait.

J'alternais donc entre le pressing et le bar. Entre le fer à repasser et le stylo. Entre la bibine (en quantité raisonnable) et le linge propre. Je pensais à la mort de Rebecca. À la disparition d'Emma. À ce don inouï que je possédais pour rendre les femmes heureuses. Darius appelait tous les jours pour nous décrire l'atmosphère du camp. Depuis quelque temps, des équipes de TV1 squattaient intensément les lieux. Il percevait dans cette agitation quelque chose de louche. Je cite de mémoire « C'est pas à un vieux singe qu'on apprend à

266

faire la grimace », affirmation corroborée par un solide « Il y a anguille sous roche ».

Au bout de quinze jours, Greg est arrivé avec le journal :

— Non, mais t'as vu ces porcs ?

— Quoi ?

— Regarde le programme TV. Attends, je te lis. « TV1 investit Sandpiper. Cela fera exactement un an, dimanche prochain, qu'un citoyen allemand tourne sur la plage de Sandpiper. À cette occasion, et pour honorer la mémoire de Rebecca Baray, notre consœur disparue, TV1 organise une émission en direct. Émission où la musique permettra, nous l'espérons, de panser quelques plaies. »

— Les enculés.

— Oui et puis attends le plateau, c'est pas triste : Bobby Womack, Dolly Parton, Garth Brooks, Cyndi Lauper, Kim Carnes, LaToya Jackson, Huey Lewis…

— Ils nous refont *USA for Africa* ou quoi ? Il manquerait plus que Bob Geldof, tiens.

— Il est là, et Lionel Richie aussi.

— La vache…

— Regarde ça, aussi…

La une du journal titrait sur les menaces de la météo. Les précipitations et la vitesse du vent risquaient d'atteindre des chiffres records sur la côte. Les experts annonçaient aussi des orages d'une violence rare et recommandaient de ne pas sortir en forêt.

On a appelé Darius.

— Papa, c'est Greg. Tu fermes la boutique. Tu prends tout le monde et tu rentres à la maison. Ça va être le bordel. La météo tourne à l'eau de boudin et il y a danger. Viens. Tu rentres au bercail. On t'attend.

— Hors de question, fiston. Il y a de l'argent à se faire. Je fais ce dernier gros coup et après je pars en retraite. Je ne peux pas faire autrement.

— Tu me déçois.

— Comprends-moi.

— Peux pas.

Et il a raccroché. Toute la semaine, on a vécu que là-dessus. Plus les jours passaient et plus la pression augmentait. Sur la côte ouest, il y avait une putain de masse d'air chaud qui pouvait pas blairer une connasse de masse d'air froid, du coup, tous les soirs y avait baston et ça tournait à l'orage. Quand il pleuvait pas, il tombait de la grêle. Quand il grêlait pas, il y avait la foudre. L'air était lourd et électrique. On avait du mal à dormir. Les draps étaient moites et collaient aux peaux nues. Même les moustiques étaient abattus et nous piquaient en pionçant. Je dormais la tête collée à une glacière et je me réveillais de mauvaise bourre. Les gens étaient à cran et c'était peu de le dire…

Le dimanche matin, les potars de la tension ambiante étaient dans le rouge : les hirondelles volaient super-bas. Les chiens beuglaient comme des demeurés. Les gens s'engueulaient pour un rien. Trois fois dans la journée, j'ai vu des automobilistes se foutre sur la gueule à un feu rouge. Les enfants pleuraient. Leurs parents braillaient. Les Chicanos se maravaient entre eux… Greg et moi, on s'est levés pour aller ouvrir le café. On était pas rassurés. Le ciel était noir d'encre et pour peu que la météo se rende compte qu'il y avait moyen de faire chier Bob Geldof et Huey Lewis, il pouvait y avoir du grabuge. En attendant le début du direct, on a clopé en buvant des coups.

Je me sentais pas bien, et Greg non plus…

On avait décidé de regarder le show dans le café, sur la grande télé, où on passait des films d'habitude. On avait tiré le rideau. Devant l'écran, il y avait Greg, les Kurosawa, et moi.

On a sifflé quelques apéros en fumant quelques cartouches. On était tendus comme des arbalètes. Il était 20 h 50, ça commençait dans dix minutes. Madame Kurosawa est venue me voir. On a tchatché un bout. Elle avait le pif pour les emmerdes. J'avais eu l'occasion de m'en rendre compte. Elle m'a prévenu en me flinguant les yeux. Elle a mis en mots (en désordre mais en mots quand même) tout ce qu'on pressentait : catastrophe, chute de grenouilles et mort d'hommes.

J'ai senti le vent tourner. J'ai pris le combiné pour tenter de ramener Darius à la raison :
— Darius, tu te casses de là !
— Je ne peux pas. Je sers. Je pars demain matin.
— DARIUS TU T'ARRACHES !!!
— Arrête de m'emmerder. T'es qu'un jeune trou du cul qu'a laissé crever Rebecca. J'ai pas de leçon à recevoir de toi. Lâche-moi les pompes.
— C'est minable, ça, Darius. Passe-moi Richard.

— Richard veut pas te causer non plus. Il reste aussi. Arrête de nous faire chier.

— Bonne chance, vieux.

Au moment où j'ai raccroché, le direct a commencé. La scène était énorme et située à l'endroit où Greg avait installé son écran géant lors des premières projections. Il y avait la mer. Devant la mer, il y avait la scène, devant la scène, l'Allemand, et devant l'Allemand, la dune. Enfin, on devinait la dune… Sur une vue prise d'hélicoptère, on mesurait la foule : à vue de nez, il y avait six mille personnes agglutinées sur ce tas de sable… Greg pensait qu'ils étaient plus de dix mille.

C'était Dolly Parton qui ouvrait le spectacle. Elle chantait *Stand by Your Man*, le double menton posé sur ses seins en plastique. On aurait dit Barbie Cortisone, un modèle jamais sorti par Mattel. De chaque côté de la scène, il y avait des écrans géants qui diffusaient des images des prestations live entrecoupées de portraits de Rebecca. Elle y était magnifique. Ça devait être des photos datant d'avant sa venue au camp, d'avant notre rencontre. Comment j'avais fait pour la briser cette fille ? Comment j'avais fait ? Ça m'a donné la nausée et je suis allé gerber. J'ai vomi longtemps, par spasmes douloureux. La gueule dans le trône, j'entendais Lionel Richie interpréter subtilement *Ballerina Girl*. Toute cette guimauve d'un coup, ça m'a fait rendre de la bile.

À mon retour des gogues, Greg m'a fait remarquer que l'Allemand était bizarre. Il tournait en reluquant partout autour de lui. Il avait perdu son regard vague.

Qu'est-ce qu'il lui arrivait ? Il revenait sur terre Papa Schultz ?

Quand Bob Geldof a entamé le vieux tube des Boomtown Rats, *I Don't Like Mondays*, la pluie s'est mise à dégringoler. Le ciel se barrait en morceaux. Ça faisait des jours que ça menaçait et ça a craqué au moment de la prestation de Bob. Il tombait des hecto-litres. L'Allemand est devenu barge. C'était trop pour lui. Il s'est mis droit comme un « i », a regardé le haut de la dune, puis s'est mis à galoper dans sa direction pour s'éloigner autant que possible de l'hirsute qui braillait. Les gens, à cause de la pluie, de l'Allemand qui arrêtait de tourner et de la musique, ils sont devenus dingues. Ils se sont mis à trépigner, à taper des pieds, des mains, à lancer des olas…

La dune a pas supporté le choc et a fini par céder dans un bruit sourd et entêtant, comme si elle se prenait pour le plus grand didgeridoo de l'univers. Fallait s'en douter, ceci dit ! Elle menaçait de nous claquer dans les pattes depuis des jours, la grosse dame. On avait eu une première alerte qui avait cassé les guiboles de quelques clampins, mais là ça promettait de ne pas être la même limonade. La foudre, le déluge, la foule, la panique, le bruit, le sable mouillé… Les dix mille personnes ont été prises dans un éboulement dantesque. Ballottées, retournées, concassées, broyées par des tonnes de dune en mouvement…

Nous devant la télé, on était sciés. On se rendait compte que ça virait à la méga-catastrophe, leur barnum…

Au moment où la foudre a frappé la scène, madame Kurosawa s'est mise à pleurer, et monsieur Kurosawa est tombé dans les pommes. Avec Greg, on n'a pas bougé, on était hypnotisés par l'ampleur des dégâts.

Le 11 Septembre à côté, c'était *Les Hommes préfèrent les blondes*...

On regardait Bob Geldof transformé en sapin de Noël. Il avait les yeux révulsés et les cheveux dressés sur la tête. Il était pris de convulsions, électrocuté comme pas deux et incapable de lâcher son pied de micro. S'il rêvait de mourir sur scène, c'était gagné.

Vu d'hélico, on voyait la coulée de sable qui s'avançait vers la mer, touillant des cadavres de vieux, d'enfants, d'hommes, de femmes, brassant des familles entières d'Américains dont le seul et unique tort était de ne pas aimer la musique... Dans un maelström sans nom, le sable s'est avancé jusqu'à la scène et l'a engloutie, emportant les baraquements qui servaient de loges et de régie technique... La coulée a fini loin dans l'océan. Ceux qui n'étaient pas morts étouffés allaient avoir le privilège de mourir noyés.

Les groupes électrogènes sont tombés en rideau et les caméras sont tombées en carafe. Seul le car-régie marchait encore. Il était garé devant « Emma revient ». Un présentateur, dans un état de panique proche de celui de la biche le jour de la mort de Rebecca, a pris l'antenne en hurlant. Il était trempé. On voyait des survivants qui passaient devant lui, faisant signe à la caméra dans l'espoir de rassurer leur famille.

« Ici Machin, en direct de Sandpiper, où une catastrophe naturelle sans précédent est en train… »

Il fut interrompu par un coup de foudre d'une violence hallucinante. Le bras de feu a terminé sa course sur le toit du café qui a explosé quasi simultanément. Dans un murmure, j'ai dit « Oh merde, les parasols chauffants de ton père ». Greg a juste dit « Putain, Papa »…

La retransmission a cessé.

J'étais comme défoncé à l'azote. En pleine *nervous breakdown*, comme certaines personnes dans les enterrements. Les nerfs lâchent : bye bye ! Je sais pas pourquoi, je me suis mis à hurler de rire. Sans doute parce que c'était beaucoup trop tout ça. Ça en devenait ridicule. On aurait dit *Mars Attacks !*, fallait quand même pas déconner. Greg était dans le même état. On se tenait les côtes en se roulant par terre. Je suis un peu revenu à la réalité. Mais en voyant madame Kurosawa bouche bée et figée par l'effroi, je me suis remis à rire. J'avais mal au bide…

De nos amis, seul Darius en est sorti vivant. Il était parti enfermer JFK dans un bungalow parce qu'il était tellement sous stress qu'il menaçait de défoncer le bar à coups de bec. Quant à Charcot et Virginia, Richard et Marika, la mère de Greg… Quant à Nick et aux hippies… Quant à Moïse, et Vodka…

Dieu avait dû prévoir des charters pour l'au-delà, ce jour-là. Outre les artistes, les techniciens et nos proches, plus de quatre mille personnes ont pris un aller simple vers le Grand Tout.

J'ai retrouvé un peu mes esprits. J'ai demandé :

— C'est quoi, déjà, le truc qu'on met sur les tombes ?

— Rest In Peace… Pourquoi tu dis ça ?

— Pour savoir. Tu crois qu'il y a une vie après la mort, toi ?

— Je suis pas tellement persuadé qu'il y en ait une avant…

Un mot sur le dernier protagoniste et on ferme… L'Allemand… On l'a retrouvé quatre jours plus tard, poussant Requin et Marteau dans une brouette, en courant, sur une route de campagne. Il était à deux cents et quelques kilomètres de Sandpiper. Les deux mômes dans leur témoignage ont précisé qu'il n'avait pas dormi, pas mangé, qu'il n'avait pas arrêté de courir et de chanter *O Tannenbaum* pendant quatre jours et quatre nuits.

Cet Allemand était un homme de défi.

Épilogue

J'ai fait développer les photos de Rebecca. Celles de sa dernière nuit. J'ai brûlé les clichés d'elle nue et j'ai accroché les portraits en face de mon lit, à côté de la photo du mariage, près du poster de Sinatra et pas très loin des plaques électriques.

J'ai appris à vivre avec des remords, des amis disparus et deux fantômes. Ça m'a pris du temps.

Quelques années après le naufrage de Sandpiper, j'ai reçu une lettre de New York. Elle contenait une photo. C'était Emma qui tenait un bambin dans les bras. Elle n'avait pas changé. Elle y était magnifique, aussi pure et fascinante que la dernière fois où je l'avais vue. L'enfant soufflait des bougies d'anniversaire. Il était brun, ses yeux étaient noirs. Il portait un tee-shirt jaune, et semblait heureux comme un gosse de son âge, un jour d'anniversaire…

Au dos de l'image, il y avait quelques mots marqués au Bic :

« *J'ai suivi les événements de Sandpiper. J'ai lu tes témoignages et ceux de Greg dans la presse, et j'ai beaucoup pensé à toi. L'enfant sur la photo est le nôtre. Je le portais en moi depuis peu à mon départ. Je ne m'en suis rendu compte que quelques semaines plus tard et j'ai décidé de le garder. Il s'appelle comme toi. Il te ressemble. Il a quatre ans aujourd'hui. Je vis toujours seule. Je ne t'ai pas remplacé et je ne compte pas le faire. Dans tes bras, j'étais une autre. Tes silences et les miens m'assourdissaient. Si j'étais restée, l'addition de nos vides aurait eu raison de moi. J'ai choisi la fuite. Il est 18 heures, je suis à l'aéroport, nous partons pour l'Europe dans deux heures. Je pars vivre là-bas. J'y ai trouvé du travail et peut-être un avenir. Je parle beaucoup de toi à notre enfant. Dans quelques années, s'il en exprime le souhait, j'organiserai des retrouvailles. D'ici là prends soin de toi.*

Bonne chance.
Je t'embrasse.
Emma »

Le soir, avant de me coucher, en corrigeant les lettres écrites dans la journée, je jette un coup d'œil à cette image, celle de mon môme et de sa mère. Je me dis alors que les années qu'il me reste valent peut-être le coup d'être vécues.

Sans cette photo, la vie serait la vie.

En moins bien.

Table des matières

Merci à Yves Simon.
Merci à Catherine Zaharia pour avoir ébloui l'ombre du doute. Merci à Marie, Audrey, Émilie et au bar des « Flo bleues » (Florence et Floriane).
Merci à mes parents d'avoir saisi qu'ici tout est fictionnel.
Merci à mes potes d'avoir compris qu'ici tout est autobiographique.
Merci à l'homme qui fait plaisir aux myopes.
Merci à tous ceux qui ont aimé ce livre et permis une réimpression.
Merci à Dominique pour sa relecture à très grande vitesse.
Merci aux libraires de tenir bon.

Merci à vous d'avoir jeté un œil à ce texte.

enmoinsbien@gmail.com

Retrouvez *En moins bien* sur Facebook

« *Une tornade d'humour ! Il fait pétiller les mots, rire les phrases, et fondre de tendresse.* »

Gérard Collard
France 5

Arnaud LE GUILCHER
PAS MIEUX

Avec *En moins bien*, Le Guilcher s'imposait comme l'enfant accidentel de Desproges, d'Elvis et d'un pélican, un soir de défonce. Mêmes personnages, même humour explosif, *Pas mieux* fait plus fort, plus drôle, plus *pire*. Un must.

POCKET N° 15358

« *Dans un style burlesque, parfois potache, souvent intelligent, Attal s'amuse et nous fait rire.* »

Mohammed Aïssaoui
Le Figaro Littéraire

Jérôme ATTAL
L'HISTOIRE DE FRANCE RACONTÉE AUX EXTRA-TERRESTRES

Oubliez la Terre, direction Zyproxia ! Il y a là-bas des enfants qui n'ont jamais entendu parler du vase de Soissons, qui ignorent tout de la Révolution française et qui ne soupçonnent pas l'existence de la Vᵉ République... Ces petits gars, sachez-le, se fichent comme de leur première soucoupe volante qu'on leur dessine des moutons. Non : c'est l'Histoire de France qui les branche. Robespierre, Azincourt, Andy Warhol, tout ça...

Assurément LE hit de la rentrée scolaire zyproxienne.

Faites de nouvelles découvertes sur
www.pocket.fr

- Des 1ers chapitres à télécharger
- Les dernières parutions
- Toute l'actualité des auteurs
- Des jeux-concours

Il y a toujours
un **Pocket** à découvrir

Composé par Facompo
à Lisieux, Calvados

Imprimé en Allemagne par
GGP Media GmbH, Pößneck
en août 2014

POCKET - 12, avenue d'Italie - 75627 Paris cedex 13

Dépôt légal : mai 2011
Suite du premier tirage : août 2014
S20701/09